古代文史名著选译丛书

主编 章培恒 安平秋 马樟根

高适岑参诗选译

修订版

译注 谢楚发
审阅 黄永年

凤凰出版传媒集团 凤凰出版社

图书在版编目（CIP）数据

高适岑参诗选译 / 谢楚发译注. -- 南京 : 凤凰出版社, 2011.5
（古代文史名著选译丛书）
ISBN 978-7-5506-0414-8

Ⅰ. ①高… Ⅱ. ①谢… Ⅲ. ①唐诗一选集 Ⅳ. ①I222.742

中国版本图书馆CIP数据核字(2011)第046060号

书　　名 高适岑参诗选译
译 注 者 谢楚发
责任编辑 李相东
出版发行 凤凰出版传媒集团
凤凰出版社(原江苏古籍出版社)
南京市中央路165号　邮编 210009
发行部电话025-83223462
集团网址 凤凰出版传媒网　http://www.ppm.cn
照　　排 江苏凤凰制版有限公司
印　　刷 江苏凤凰扬州鑫华印刷有限公司
扬州市江阳工业园蜀岗西路9号　邮编 225008
开　　本 960×1304毫米　1/32
印　　张 11
字　　数 178千字
版　　次 2011年5月第1版　2011年5月第1次印刷
标准书号 ISBN 978-7-5506-0414-8
定　　价 23.00元

《古代文史名著选译丛书》修订版出版说明

呈献在读者面前的这套《古代文史名著选译丛书》是2011年的修订版。全书共134册，包括了中国从先秦至清末两三千年间的著名典籍。每部典籍都选其精粹（《论语》《老子》则全文收录），收录原文，加以简明的注释，力求准确地译为现代汉语，并于每一篇之前写有对该文的提示性说明。这是近一个世纪以来，规模最大、收录种类相对齐全、译注质量较高的一套普及传统文化的今译丛书。

这套丛书，原在1992年—1994年由巴蜀书社分三批出齐，印行过万套；不久，又由台湾的出版机构买去海外版权在台湾及海外发行，可见这套丛书当年在两岸受欢迎的程度。时隔17年，丛书编委会决定重新修订，改由江苏凤凰出版集团所属的凤凰出版社出版。

这套丛书是由教育部属下的全国高等院校古籍整理研究工作委员会（简称古委会）于1985年策划的。古委会组织了全国18所大学的古籍整理研究所的所长任编委会编委，由我们三人任主编，在全国范围内选请学有专长的学者承担各书的译注。从1986年—1992年，历时7年完成。当时，编委会制订了严明、可行的体例和细则，译注者按要求完成书稿。每部书稿完成后，都在全国范围内请编委会之外的专门研究这一学术领域的两位专家初审，合格后再请两位编委参照初审意见审改，然后退还原译注者改正。待原译注者改正后，再由编委会集中常务编委和部分编委、相关专家在一地将每部书稿从头至尾审改。这样的集中审稿会一般都在8—15天，7年中开了12次审改会。审改后，三位主编再集中在一起逐一审定，交付出版社。这一工作程序，使得这套丛书的译注质量有了一定的提高。所以，这套丛书，在一定程度上是个人与多人合作的结果。关于这套丛书的编纂始末，我们曾在1992年4月全书交稿后写有一篇文章，这次附在修订版书末，便于读者了解。

这次修订，是交由原译注者自己修改。少数译注者已去世，则书稿一仍其旧。个别译注者已联系不上，也保持原貌。

1992年—1994年出版时，书前有当时古委会主任周林先生写的序。周林先生是这一丛书的发起者。他已于1997年6月去世，至今已14年了。为了尊重历史，也为了纪念他，修订版仍用他的序。

我们三人在1985年—1992年主持这套丛书工作时，年龄大的是从51岁到58岁之间，年龄小的是从44岁到51岁之间，那时尚有精力组织、参与这一工作，今天我们都已年逾古稀。全书修订版出版之际，心情似乎比当年更惴惴不安地期待着读者的评头品足，期待着不要对读者贻误太多。

回想这套丛书，真应该感谢我们的祖先为我们留下了这样深厚、丰富的思想、文化遗产，使我们今天仍然受用无穷。应该感谢这套丛书的全体译注者、审阅者、编委和当年的出版者巴蜀书社、今天的出版者凤凰出版社，是他们的学识、辛勤与真诚使得这套丛书得以面世。

章培恒　马樟根　安平秋

2011年3月15日

序

《古代文史名著选译丛书》与广大读者见面了。这是丛书编委会的同志与众多专家学者通力协作、辛勤耕耘的结果。

中华民族在五千年漫长的岁月里,创造了光辉灿烂的文化,给人类留下了丰富的精神财富。“观今宜鉴古,无古不成今”。今天,以马克思主义的科学理论为指导,整理研究我国古代文化典籍,做到汲取精华,剔除糟粕,古为今用,推陈出新,使人们在正确认识民族历史的同时,得到爱国主义的教育,陶冶道德情操,提高全民族的文化素质,促进社会主义文化的繁荣,使文明古国的历史遗产得以发扬光大,这是我们每个炎黄子孙的责任。而要做到这样，对古籍进行整理与研究是重要的基础工程。但是，整理与研究古籍仅作标点、校勘、注释、辑佚还不够，还要有今译，使老年人、中年人、青年人都愿意去读，都能读懂，以便从中得到教益。

基于以上认识，全国高等院校古籍整理研究工作委员会于1986年5月组成了以章培恒、安平秋、马樟根三位同志为主编的《古代文史名著选译丛书》编委会，确定了以全国十八所大学的古籍整理研究所为主力承担这一看似轻易、实则艰巨的今译任务。在第一次编委会议上，拟定了《凡例》、《编写与审稿要求》、《文稿书写格式》和一百余种书目。以每一种书为十万至十五万字计算，这套丛书大约有一千余万字，应该说是一项大工程。经过一年的努力，完成了第一批三十六部书稿的译注任务。在各研究所的专家与所长把关的基础上，于1987年5月和7月，先后在复旦大学、北京大学召开了部分编委参加的审稿会，通过了二十五部书稿，作为《古代文史名著选译丛书》与广大读者见面的第一批作品。与此同时，在1987年7月6日，邀请了在京的十几位专家教授与编委会十几位编委一起座谈这套丛书与古籍今译的问题。专家们肯定了今译工作的必要性与深远意义，并以他们数十年的教学科研和创作的经验，说明今译是一项难度很大的工作，是培养人才，使之打下坚实基本功的一种有效方法；专家们还对《古代文史名著选译丛书》提出了宝贵的建议，这对当时的审稿工作和保证《丛书》的质量起了很好的作用。

实践证明，古籍的今注不易，今译更难。没有对作品的深入、透彻的研究，没有准确、通俗、生动的语言表达能力，要想做好今译是不可能的。两年多来，全国高等院校古籍整理研究工作委员会在探索古籍的今注、今译的道路上，做了一些工作。这部丛书的出版，是系统今译的开始，说明古籍整理研究工作有了新的进展。更可喜的是，一批中青年学者参加了今注今译工作，为古籍整理增添了新生力量，相信他们会在实践中，在学习中，成长成熟。我希望，这套丛书的编委会和高校各古籍整理研究所要敞开大门，加强同国内外专家学者的联系，征求他们和广大读者的意见，并向有真才实学而又适宜做今译工作的专家学者约稿，以提高古籍译注的水平，使《古代文史名著选译丛书》的第二批、第三批作品的质量更上一层楼。

这是一套以文史为主的大型的古籍名著今译丛书。考虑到普及的需要，考虑到读者对象，就每一种名著而言，除个别是全译外，绝大多数是选译，即对从该名著中精选出来的部分予以译注，译文力求准确、通畅，为广大读者打通文字关，以求能读懂报纸的人都能读懂它。我希望这套丛书能成为中小学教师的语文、历史教学的参考书，成为大专院校学生的课外读物，成为广大文史爱好者的良师益友。由于系统的古籍今译工作还刚刚起步，这套丛书定会有不少缺点、错误，也诚恳地希望读者批评指正。

巴蜀书社要我为这套丛书写序，我欣然接受了。我相信这套丛书不仅会使八十年代的人们受益，还将使子孙后代受益，它将对祖国的繁荣昌盛起到点滴的作用。最后借此机会向曾给予我们支持、帮助的专家学者和巴蜀书社的同志表示衷心的感谢！并殷切地希望台湾同胞、港澳同胞、海外侨胞和我们一同做好祖先留给我们的文化遗产的整理工作，为中华民族灿烂的文化再放异彩而努力！

周　林

1987年10月于北京

目 录

前言 …………………………………………… 001

高适诗选译 ……………………………………… 001

行路难(二首选其二) ………………………… 001

别韦参军 ……………………………………… 004

塞上听吹笛 …………………………………… 008

咏史 …………………………………………… 010

别冯判官 ……………………………………… 012

塞上 …………………………………………… 014

蓟门(五首选其五) …………………………… 017

营州歌 ………………………………………… 019

邯郸少年行 …………………………………… 021

效古赠崔二 …………………………………… 024

独孤判官部送兵 ……………………………… 027

醉后赠张九旭 …………………………………… 029
淇上别业 ………………………………………… 031
送魏八 …………………………………………… 033
夜别韦司士 ……………………………………… 035
自淇涉黄河途中作(十三首选其七、其九) ……… 037
淇上酬薛三据兼寄郭少府微 …………………… 041
别董大(二首) …………………………………… 046
燕歌行并序 ……………………………………… 049
古大梁行 ………………………………………… 054
东平路中遇大水 ………………………………… 057
送前卫县李寀少府 ……………………………… 061
赋得还山吟送沈四山人 ………………………… 063
同群公出猎海上 ………………………………… 066
封丘县 …………………………………………… 069
使青夷军入居庸(三首选其一) ………………… 072
自蓟北归 ………………………………………… 074
蓟中作 …………………………………………… 076
同薛司直诸公秋霁曲江俯见南山作 …………… 078
送李侍御赴安西 ………………………………… 081
送蹇秀才赴临洮 ………………………………… 083
送刘评事充朔方判官赋得征马嘶 ……………… 085
送别 ……………………………………………… 087
金城北楼 ………………………………………… 089

入昌松东界山行 …………………………… 092
自武威赴临洮谒大夫不及因书即事寄河西陇右
　幕下诸公 ………………………………… 094
同李员外贺哥舒大夫破九曲之作 ………… 099
九曲词(三首选其二、其三) ……………… 102
塞下曲 ……………………………………… 105
同鲜于洛阳于毕员外宅观画马歌 ………… 108
赴彭州山行之作 …………………………… 111
人日寄杜二拾遗 …………………………… 113
送田少府贬苍梧 …………………………… 116
送李少府 …………………………………… 119
除夜作 ……………………………………… 121
岑参诗选译 ………………………………… 123
南溪别业 …………………………………… 123
自潘陵尖还少室居止秋夕凭眺 …………… 125
还东山洛上作 ……………………………… 128
东归晚次潼关怀古 ………………………… 130
夜过磐豆隔河望永乐寄闺中效齐梁体 …… 133
函谷关歌送刘评事使关西 ………………… 135
邯郸客舍歌 ………………………………… 138
暮秋山行 …………………………………… 140
送王大昌龄赴江宁 ………………………… 143
醉题匡城周少府厅壁 ……………………… 146

秋夜宿仙游寺南凉堂呈谦道人 …………………… 148
初授官题高冠草堂 ………………………………… 152
高冠谷口招郑鄠 …………………………………… 154
胡笳歌送颜真卿使赴河陇 ………………………… 156
初过陇山途中呈宇文判官 ………………………… 159
西过渭州见渭水思秦川 …………………………… 163
逢入京使 …………………………………………… 165
经火山 ……………………………………………… 167
宿铁关西馆 ………………………………………… 169
碛中作 ……………………………………………… 171
过碛 ………………………………………………… 173
碛西头送李判官入京 ……………………………… 175
安西馆中思长安 …………………………………… 177
戏问花门酒家翁 …………………………………… 180
武威春暮闻宇文判官西使还已到晋昌 …………… 182
武威送刘判官赴碛西行军 ………………………… 184
送李副使赴碛西官军 ……………………………… 186
与高适薛据同登慈恩寺浮图 ……………………… 188
春梦 ………………………………………………… 191
赴北庭度陇思家 …………………………………… 193
发临洮将赴北庭留别 ……………………………… 195
凉州馆中与诸判官夜集 …………………………… 197
轮台歌奉送封大夫出师西征 ……………………… 200

走马川行奉送出师西征 …………………………… 203
北庭西郊候封大夫受降回军献上 ……………… 206
献封大夫破播仙凯歌(六章选其二、其四) ……… 210
轮台即事 ………………………………………… 213
北庭贻宗学士道别 ……………………………… 215
登北庭北楼呈幕中诸公 ………………………… 219
使院中新栽柏树子呈李十五栖筠 ……………… 222
白雪歌送武判官归京 …………………………… 224
玉门关盖将军歌 ………………………………… 227
玉关寄长安李主簿 ……………………………… 232
天山雪歌送萧治归京 …………………………… 234
热海行送崔侍御还京 …………………………… 237
送崔子还京 ……………………………………… 240
火山云歌送别 …………………………………… 242
赵将军歌 ………………………………………… 244
优钵罗花歌 ……………………………………… 246
首秋轮台 ………………………………………… 249
醉里送裴子赴镇西 ……………………………… 251
田使君美人如莲花舞北旋歌 …………………… 253
行军(二首选其一) ……………………………… 256
行军九日思长安故园 …………………………… 259
奉和中书贾至舍人早期大明宫 ………………… 261
寄左省杜拾遗 …………………………………… 263

早秋与诸子登虢州西亭观眺 ………………………… 265
虢州后亭送李判官使赴晋绛 ………………………… 268
卫节度赤骠马歌 ………………………………………… 270
刘相公中书江山画障 …………………………………… 274
早上五盘岭 ……………………………………………… 277
赴犍为经龙阁道 ………………………………………… 280
江上阻风雨 ……………………………………………… 283
登嘉州凌云寺作 ………………………………………… 285
秋夕听罗山人弹三峡流泉 …………………………… 288
巴南舟中夜书事 ………………………………………… 292
山房春事(二首) ………………………………………… 294

编纂始末 ………………………………………………… 001
丛书总目 ………………………………………………… 001

前　言

我国是一个多民族国家。自古以来，在民族的共存、互融与发展中，总是伴随着大大小小的战争。这些战争在唐以前的文学作品中虽然有反映，但很少对战争本身及由此引起的边防问题作正面描述。唐代前期，由于国力强盛，人们不怎么害怕这种战争，很多知识分子还把立功边塞当作一条求取功名的途径。于是诗人们也就逐渐把眼光和笔锋移向边塞，从而形成一个边塞诗派。高适和岑参就是这一新的诗歌流派的代表人物，通常也就把边塞诗派称为“高岑诗派”。他俩开拓了新的诗境，有了新的艺术创造，为唐代诗歌的繁荣作出了贡献。他俩的作品在当时就被“朝野通赏”（殷璠《河岳英灵集》评高适语)，“每一篇绝笔，则人人传写，虽闾里士庶，戎夷蛮貊，莫不讽诵吟习”(杜确《岑嘉州诗集序》)。今天选译他俩的作品让读者们欣赏，无疑将有利于弘扬我国的优秀传统文化。

高适(701—765)，字达夫，郡望渤海蓨县①，籍贯可能是洛阳。家中世代官宦，父亲崇文位终于韶州长史。他二十岁西游长安，失意而归。自此长期客居宋州宋城县②，过着清苦的生活，有时得靠朋友的接济过日子。他曾北游燕赵，想从军，但未能如愿；也曾赴长安应举，结果落第而归；又在淇水边营造别业，滞留数年，后又回到宋城。此时他曾与李白、杜甫同游，结下了深厚的友谊，被传为文学史上的佳话。

天宝八载(749)由睢阳太守张九皋举荐，参加了有道科的考试，中式后被授为封丘县尉。由于不堪忍受这种上迎长官、下挞黎庶的低下职务，三年后愤然辞去。天宝十二载(753)经人引荐入河西、陇右节度使哥舒翰幕府掌书记。安史之乱爆发后

① 蓨(tiáo 条)县：在今河北景县南。 ② 宋城县：今河南商丘。

协助哥舒翰扼守潼关，兵败后随玄宗入川。玄宗很信任他，委以淮南节度使要职，派去征讨永王璘。后来转任彭州、蜀州刺史，迁剑南节度使。广德二年(762)回长安任刑部侍郎，转散骑常侍，加银青光禄大夫，进封渤海县侯。第二年逝世，赠礼部尚书。作为一个诗人，高适从隐身渔樵到据有这样的地位，实在是仅有的，所以《旧唐书》评论说："有唐以来，诗人之达者唯适而已。"

高适的诗在内容上主要有如下几种类型：

首先是边塞诗。他曾三次出塞，每次出塞都写了大量的诗，或纪行，或抒怀。他的边塞诗有着明显的特点，那就是以政治家的眼光来观察、分析边塞的现状，把战争与国家的安危、人民的苦乐联系起来考虑，题材广泛、思想深刻。他曾勉励自己和朋友到边塞大显身手："出关逢汉壁，登陇望胡天，亦是封侯地，期君早着鞭。"(《独孤判官部送兵》)为边事的无休无止表示了自己的忧虑："一到征战处，每愁胡虏翻"，"惆怅孙吴事，归来独闭门。"(《蓟中作》)对于战士的勇往无前，他作过热烈的歌颂："相看白刃血纷纷，死节从来岂顾勋"(《燕歌行》)；"作气群山动，扬军大旆翻。奇兵邀转战，连弩绝归奔"

(《同李员外贺哥舒大夫破九曲之作》)。对于军官的荒淫、官兵的对立,又作了无情的揭露:“战士军前半死生,美人帐下犹歌舞。”(《燕歌行》)对于战争胜利的意义也比别人看得远:“青海只今将饮马,黄河不用更防秋。”(《九曲词》)如此就从不同的角度全面、真实地反映了当时的边塞战争,既写出了大唐帝国的声威,也揭露了一些阴暗面,同时给自己画出了一个头脑清醒、充满激情的战争评论家的形象。

其次是咏怀诗,这在他的诗里数量最多。写怀才不遇、壮志难酬的又占了其中的很大部分。有的是就某些看不惯的社会现象表明自己的看法,如《行路难》(二首)、《封丘县》等就是针对社会上只重金钱与权势,轻视知识与人才的不合理现象和官场恶习作了揭露与批判。有的则是在写给朋友的诗中,吐露自己的不平,像《别韦参军》、《淇上酬薛三据兼寄郭少府微》、《效古赠崔二》等都是指摘时弊、表明心志的作品。

再次是反映民生疾苦的诗,在数量上较前两类要少一些。这种题材在开元天宝之际就已出现,当时有一批失意的知识分子独具一种眼光,能透过繁华升平的表层看到社会的问题，发而为诗，尽管调子低沉一些。高适前期的诗中就不乏这样的作品。像“试共野人言，深觉农夫苦。去秋虽薄熟，今夏犹未雨。耕耘日勤劳，租税兼舄卤。园蔬空寥落，产业不足数”（《自淇涉黄河途中作十三首》），就为不得温饱的广大农民叫苦叫屈。

高适的诗在艺术表现上继承了汉魏古诗的传统，有一种求实求深的精神。诗中喜铺排对比，直抒胸臆，而较少运用比兴。抒发心志的如“万里不惜死，一朝得成功。画图麒麟阁，入朝明光宫”（《塞下曲》），就是赤裸裸地表明其功名欲望，爽直利落，毫不掩饰。披露胸襟的如“拜迎长官心欲碎，鞭挞黎庶令人悲”（《封丘县》），是那么痛快淋漓。发起牢骚来又是这样的愤愤不平：“有才不肯学干谒，何用年年苦读书。”（《行路难》）对友人的劝慰之词也多是直述其意，寄情于物的较少，像“莫愁前路无知己，天下谁人不识君”（《别董大》），“北路无知己，明珠莫暗投”（《送魏八》）等等。

这种直抒胸臆的表现方法，必须有强烈的感情才能打动人，否则就会平淡无味。高适是一个有才华、有个性，而又久居贫贱的人。在理想与现实的磨擦中，必然会冒出感情的火花。他的诗作几乎都是这种感情火花的记录。上面所引例句无一不带着强烈的感情。此外如“君负纵横才，如何尚憔悴。长歌增郁快，对酒不能醉”（《效古赠崔二》），为友人的遭遇大抱不平。“今年人日空相忆，明年人日知何处”（《人日寄杜二拾遗》），则是对朋友倾诉自己人已老大仍四处漂泊的伤感。

高适崇尚节义，好谈政治，影响到他的诗，也常常夹杂着议论。由于这种议论不是孤立地进行，而是穿插在叙事和抒情之中，所以不显得生硬乏味，反增加了一点理性的光辉，使作品变得深厚、老成。像“得意在乘兴，忘怀非外求”（《同薛司直诸公秋霁曲江俯见南山作》），本为议论如何在尘事纷扰中学会超脱的，可是紧接的是这么两句：“良辰自多暇，欣与数子游。”那前二句议论就成了欣然同游的原因，入情入理。甚至连简单的劝慰之辞，也往往包含着议论的成分，如“江山到处可乘兴，杨柳青青那足悲”（《送田少府贬苍梧》），“穷达自有时，夫子莫下泪”（《效古赠崔二》）。

由上述各种因素，共同构成了高适的风格：慷慨、粗犷、悲壮。前人说的“适诗多胸臆语，兼有气骨”(殷璠《河岳英灵集》),“读之使人感慨”(严羽《沧浪诗话》),就是针对这种总体风格而言的。但并不排斥他也写了一些轻松的诗作。像《赋得还山吟送沈四山人》就颇有飘逸之气,《送别》的构思也是匠心独运。“柳条弄色不忍见,梅花满枝空断肠”(《人日寄杜二拾遗》),“只言啼鸟堪求侣,无那春风欲送行”(《夜别韦司士》)等就是情景交汇、颇见韵致的诗句。

岑参(715—769),荆州江陵人[①]。出生于一个官宦家庭,曾祖、伯祖、堂伯父均做过宰相,父亲也做到州刺史。他自己的境遇却不佳。幼年丧父,家道骤然贫寒,只得从兄受业,移居嵩山少室。二十岁以后经常往返于洛阳、长安之间,以谋出路,可总是失意而归。二十五六岁以后曾远游河朔、大梁等地,而滞留长安的时间也渐渐多起来,一边为跻身仕途而四处活动,一边又寄情山水,寻求精神寄托,过着自由却不自在的落拓生活。

天宝三载(744)他进士及第,授官右内率府兵曹参军。天宝八载(749)充任安西四镇节度使高仙

① 江陵:今湖北江陵。

芝的掌书记，两年后回到长安。天宝十三载又充任安西、北庭节度使封常清的判官，再次赴边。直到至德二载(757)始回内地。这两次较长时间的边塞生活，使他成为一个出色的边塞诗人。

自塞外归来，正值安史之乱以后，社会不安，人心浮动。他在长安和外地历任过各种官职，于大历元年(766)随剑南、西川节度使杜鸿渐入川，初为杜的僚属，后任嘉州刺史。一年后罢官，东归未成，客死成都旅舍。

岑参的诗歌创作大致可以分为三个时期。赴边以前为第一个时期。此时期一心想振其“国家六叶，吾门三相”的家声，可是一再失意。每一次失意又难免要滋生归隐思想。所以这时期的诗作，主要写了怀才不遇的感慨和向往山水的情思。他写怀才不遇，不像高适那样愤激不平，只是发发闷气，显示清高而已，如“故人方乘使者车，吾知郭丹却不如”(《函谷关歌送刘评事使关西》)，“三十始一命，宦情都欲阑”(《初授官题高冠草堂》)，“与君兄弟日携手，世上虚名好是闲”(《喜韩樽兄弟相过》)等等。他的归隐思想有时是直接表露，如“逍遥自得意，鼓腹醉中游”(《南溪别业》)，“况本无宦情，誓将依道风”(《自潘陵尖还少室居止秋夕凭眺》)等。更多的则是写林泉之乐,即对山水景物作细密工致的描绘。这不仅了无痕迹地表达了隐居思想,更描绘出了异彩纷呈的自然图画,在写景上达到了较高的造诣,为以后描写大西北的自然风光奠定了基础。

自天宝八载第一次出塞,到至德二载第二次出塞回归是第二个时期。这是边塞诗大丰收的时期,尤其是第二次出塞的作品更富光彩。岑参边塞诗的特色和价值在于充溢着山川奇气和爱国精神。所谓山川奇气,就是描写了祖国边疆的瑰丽奇特的自然风光。自古以来人们一直把西北边塞看作绝域,人未到,心先寒。可是岑参别具眼光,能从它的广漠与荒凉中发现它的庄严与美丽,并加以热烈歌颂。他写了火焰山的炎热:“赤焰烧虏云,炎气蒸塞空。”(《经火山》)写了早雪的美丽:“忽如一夜春风来,千树万树梨花开。”(《白雪歌》)写了热海的奇观:“海上众鸟不敢飞,中有鲤鱼长且肥。岸旁青草常不歇,空中白雪遥旋灭。”(《热海行》)写了火山云的变幻:“平明乍逐胡风断,薄暮浑随塞雨回。”(《火山云歌》)在前人诗中很少出现的山川奇景,如今却展现在岑参的笔下,实在令人惊叹。

所谓爱国精神，自然是指抒写了自己和边防将士保卫边疆的正气。他写了自己的豪情壮志："万里奉王事，一身无所求。也知塞垣苦，岂为妻子谋。"(《初过陇山途中呈宇文判官》)歌颂了将士们行军作战的英雄气概："将军金甲夜不脱，半夜行军戈相拨，风头如刀面如割。"(《走马川行》)"四边伐鼓雪海涌，三军大呼阴山动。"(《轮台歌》)所有这一切，都令人振奋，令人鼓舞。

在这两个主题以外，岑参的边塞诗也写到了功名未就的感叹和难以忍受的乡愁。像"早知安边计，未尽平生怀"(《登北庭北楼呈幕中诸公》)、"悔向万里来，功名是何物"(《日没贺延碛作》)等都是一种功名未遂的抱怨与悔恨。封建时代，知识分子的从军报国总是与功名联系在一起的，取得了功名，就是报效了国家，报效了国家就应该有功名。所以感叹功名未就仍包含着某种积极精神，无可指摘。至于乡愁，岑诗中更是随处可见，像"塞迥心常怯，乡遥梦亦迷"(《宿铁关西馆》)，"送君九月交河北，雪里题诗泪满衣"(《送崔子还京》)等等，不胜枚举。恋土思乡本是一种纯洁、珍贵的感情，为历代诗家所常写，岑参久留万里之外，思乡念家更是人之常情，无损于一个爱国志士的形象，相反倒显得血肉丰满，真实可感。

从边塞回来到逝世是岑参创作的第三个时期。此时期做官的欲望逐渐减退，归隐的思想又有所抬头。诗中写的多是对于世事的喟叹、佛道的向往、乡园的依恋，以及山川景物欣赏，反映出一个奋斗了一生而建树不大的封建官员的晚年心境。作为诗人，他的创作已不复有昔日的成就，其中可称道的是他的写景之作，仍保持着意奇、语奇、刻画精细的特点。在虢州和蜀中都有不少写景佳作，尤其是蜀中作品在描绘江山胜景的时候，仍带着一股不把艰难险阻置于眼中的豪气和乐观精神。

在艺术上，岑参更多地融汇了六朝以来近体诗的成就。善于观察、精于描绘是他的特长。最常用的表现手段是丰富的想象、新奇的比喻和合理的夸张。像“陇山鹦鹉能言语，为报家人数寄书”(《赴北庭度陇思家》)、“遥凭长房术，为缩天山东”(《安西馆中思长安》)、“柏台霜威寒逼人，热海炎气为之薄”(《热海行》)等，就是凭着丰富的想象写出的佳句。以梨花喻雪，以刀割面喻寒风，以“一团旋风桃花色”喻骏马，都是新奇的比喻。至于夸张，则用得更多，诸如“一川碎石大如斗，随风满地石乱走”（《走马川行》）、“都护宝刀冻欲断”（《天山雪歌》）等，都是极富表现力的夸张。这些手法的交互使用或同时使用，使他的诗绚丽多姿，具有较为浓厚的浪漫主义色彩。

在诗体上，岑参与高适一样，都长于古诗，尤以七言歌行为擅长，边塞诗中多以这种形式歌颂边塞的特殊风物，像《白雪歌》、《走马川行》、《热海行》等等，别具风格。

由上述种种因素构成了岑参诗的总风格：悲壮、奇峭、俊逸。前人说他的诗兼具李白和杜甫诗的特点，倒也近乎事实，只是都逊一着而已。

为了帮助一般读者对高适、岑参诗的阅读、理解和欣赏，这里特在他们不同时期、不同题材的作品中各选了数十首有代表性的作品作了今译，并相应地加了一点说明和注释。高适存诗二百四十余首，这里选译了48首；岑参存诗近四百首，这里选译了69首，大致可以看出他们诗歌创作的概貌和主要成就。

本书高适诗依据明覆宋刻本《高常侍集》十卷为底本，岑参诗依据《四部丛刊》影印七卷本为底本。注译时还参考了孙钦善先生的《高适集校注》，陈铁民、侯忠义先生的《岑参集校注》，谨此致谢。

谢楚发（江汉大学人文学院）

高适诗选译

行路难(二首选其二)

《行路难》是乐府古题，自来都是写人生的艰难和离别的伤悲，而且多以“君不见”开头。此诗大约是高适早年初到长安时写的。他来到长安是为了谋求出路，可是事事不如人意，尝到了世路的艰辛，于是借此题写下自己的感慨。诗中通过富翁与穷少年的对比，揭示了“钱”与“势”的神奇作用。不难看出，诗中的少年就是高适的自画像。所说的“有才不肯学干谒，何用年年苦读书”，自是愤激不平之词。

君不见富家翁，旧时贫贱谁比数①。
一朝金多结豪贵，百事胜人健如虎。
子孙成行满眼前，妻能管弦妾歌舞。
自矜一身忽如此②，却笑傍人独愁苦③。
东邻少年安所如，席门穷巷出无车④。
有才不肯学干谒⑤，何用年年苦读书。

【翻译】

您没看到那富家翁，
往日贫贱谁把他放在眼中。
一旦有钱结交了豪贵，
事事胜人气壮如虎多威风。
他儿孙成行满眼前，
妾能歌舞妻也善管弦。
他自夸转眼之间成巨富，
却笑旁人依旧困苦颠连。

---

① 比数：相提并论、引为同类。司马迁《报任安书》说："刑余之人，无所比数。" ② 矜(jīn今)：自尊自夸。 ③ 傍：通"旁"。 ④ 席门：用破席子挡门，形容住所破败。穷巷：狭窄的街巷，贫家所居之地。《史记·陈丞相世家》载：陈平家很穷，"负郭穷巷，以弊席为门"。 ⑤ 干谒(yè叶)：拜见权贵，求其引荐。

东邻的少年到哪里去，
席门穷巷出无车。
满腹才华不去拜谒权贵求利禄，
一年年空自读书又有什么用处。

别韦参军

此诗是作于客居梁宋初期的赠别诗。作者在前半部分用了大量的篇幅叙写了自己的身世。这自然是出于对朋友的信任，如果不是知己，是不会如此坦诚地公开自己的身世的。这样写不仅加深了对朋友的惜别之情，也为今天保存了一些值得珍视的高适生平资料。如从“二十解书剑”二句，可知其二十岁曾游长安；“归来洛阳无负郭”二句，说明其老家可能是洛阳，史称其渤海蓨人，实为郡望；从“兔苑为农岁不登”二句，又可见他确曾从事农耕，生活极为贫苦等等。后半部分叙及的友情也是深挚感人的，诗末的劝慰，又反映出高适一贯轻离别、重功名的进取精神。

二十解书剑①，西游长安城。举头望君门②，屈指取公卿③。国风冲融迈三五④，朝廷欢乐弥寰宇。白璧皆言赐近臣，布衣不得干明主⑤。归来洛阳无负郭⑥，东过梁宋非吾土⑦。兔苑为农岁不登⑧，雁池垂钓心长苦⑨。世人向我同众人⑩，唯君与我最相亲。且喜百年有交

① 解书剑：知书会剑。意思是练好了文武本领。解，知晓。 ② 君门：帝王所居之门，泛指帝阙、宫殿。《楚辞·九辩》："君之门以九重。" ③ 屈指：屈指计算时日，意为指日可待。公卿：泛指朝廷高级官员。 ④ 国风：国家的风俗教化。冲融：大水深广的样子，此指风教淳厚深洽。迈：超过。三五：三皇五帝，古代传说中的圣明君王，具体所指，说法不一。⑤ 干：干谒。 ⑥ 负郭：负郭之田，即靠近城郭的土地。负，靠着。《史记·苏秦列传》："使我有洛阳负郭田二顷，吾岂能佩六国相印乎？" ⑦ 梁宋：指今河南开封、商丘一带。梁指汴梁（今开封，唐时称汴州），宋指宋州（今河南商丘）。吾土：故乡。 ⑧ 兔苑：即兔园，也称梁园，汉梁孝王刘武所筑的苑囿，唐时已成废墟，其故址在今河南商丘东南。 ⑨ 雁池：兔园中的一个大池沼。 ⑩ 向：对待。

态①，未尝一日辞家贫。弹棋击筑白日晚②，纵酒高歌杨柳春。欢娱未尽分散去，使我惆怅惊心神。丈夫不作儿女别③，临歧涕泪沾衣巾。

【翻译】

二十岁我就读通书卷会击剑，
西游来到长安城。
举头一望见君门，
屈指便想成公卿。
国家风教醇厚过三五，
朝廷的欢乐气氛满寰宇。
白璧只用来赏赐近臣，
布衣之士哪能见明主。
回到洛阳却家无田产，
东赴梁宋又非我故土。

---

① 百年：指一生。人生罕过百岁，故以百年概指一生。杜甫《客至》："百年多病独登台。"交态：贫富相交的友情。《汉书·郑当时传》："一死一生，乃知交情；一贫一富，乃知交态。" ② 弹棋：古代棋类之一。二人对局，局为方形，中心高，四方低。二十四子，红黑各半。玩法已失传。筑：古代弦乐器。形状如筝，颈细肩圆，十三弦，以竹击弦发声。 ③ 儿女：青年男女。

兔园里耕耘收成又不好，
雁池中垂钓也是含辛茹苦。
世人待我如路人，
唯有你我最相亲。
庆幸一生能有这样的知己，
你从来就没有嫌我清贫。
弹棋击筑直到晚，
纵酒高歌在杨柳之下过阳春。
只恨欢娱未尽就要分散，
真使人惆怅不已黯然伤神。
大丈夫岂能像小儿女那样离别，
分手时我们可不要泪洒衣巾。

塞上听吹笛

此诗字句各种本子互有出入。有的本子题为《和王七度玉门关上吹笛》，诗为："胡人吹笛戍楼间，楼上萧条海月闲。借问落梅凡几曲？从风一夜满关山。"从诗题与诗意看，似为和王之涣《凉州词》而作。王诗为："黄河远上白云间，一片孤城万仞山。羌笛何须怨杨柳，春风不度玉门关。"在表述手法上二诗相似，都是将羌笛调名拆开，利用调名各字的本来含意，曲折委婉地表述战士的别离之情与征战之苦。自然王诗更为深挚沉重，更富表现力。但高诗也有自己的特点。前二句先写"牧马还"，后写闻此笛声，呼应紧密。后二句将《梅花落》说成是风吹落梅四处飘散，颇具深趣。

雪净胡天牧马还①，月明羌笛戍楼间。
借问梅花何处落②？风吹一夜满关山。

【翻译】

雪化时节入侵的胡兵悄悄退还，
月光照着戍楼羌笛悠扬舒缓。
试问《梅花》落向何处？
风吹一夜落满关山。

① 牧马：古代西北少数民族常借口牧马，侵扰内地，后即以牧马代指入侵。贾谊《过秦论》：“胡人不敢南下而牧马。”
② 梅花何处落：《梅花落》是笛曲名，善述离情。

咏　史

此诗的具体写作时间难以确定，从内容看，应该是出仕以前的作品。诗写得简短、质直，而且颇带点不平之气，大概是早年落魄时，在某一场合受到了不应有的轻视，于是借范雎的故事以泄胸中之愤，自然其中也包含了无限的身世之感。“尚有”、“应怜”、“不知”、“犹作”等词语前后呼应勾连，不仅活画出权贵们的愦愦之态，也使此二十字的短诗组织严密，自然浑成，无粘皮带骨之弊。

尚有绨袍赠①，应怜范叔寒②。

不知天下士，犹作布衣看！

【翻译】

尚肯将绨袍赠人，

他还有怜悯范雎寒冷之心。

不知天下之士，

仍把他们看作平民。

---

① 绨袍：用粗厚的丝织物做成的袍子，为御寒佳品。

② 范叔：即范雎，字叔。战国时魏国人。初事魏中大夫须贾，随贾出使齐国。齐襄王闻雎有辩才，赐金十斤及牛酒。须贾回魏国后，在相国魏齐面前说范雎的坏话，魏齐大怒，将范雎鞭笞几死。事后范雎逃至秦国，更名张禄，官至相国。后来须贾出使秦国，范雎仍穿着破衣烂衫去见须贾，须贾怜悯地说："范叔一寒如此哉！"于是赠他一领绨袍。当须贾知道范已是秦相时，赶紧去谢罪。范雎在数落须贾的罪恶后说："然公之所以得无死者，以绨袍恋恋有故人之意，故释公。"后世也就借绨袍喻故旧之情。

别冯判官

这首诗是高适早年在宋中送友人赴边塞之作。冯判官，名号、爵里不详。诗中虽也写了东北边塞的艰险，更多的却是对边塞的向往和对冯判官得以赴边的羡慕之情。不久高适自己也到了信安王幕府，并写下了热情洋溢的《信安王幕府诗》。深知边塞的艰苦，偏要到边塞去，是盛唐时青年士子的一种时尚，也是作为一个边塞诗人的思想基础。高适后来成为著名的边塞诗人，从这里可以见到端倪。

碣石辽西地①，渔阳蓟北天②。
关山唯一道③，雨雪尽三边④。
才子方为客，将军正渴贤⑤。
遥知幕府下⑥，书记日翩翩⑦。

【翻译】

碣石辽西之地，
渔阳蓟北之天。
关山只有一条通道，
雨雪绵绵遍及三边。
才子才能作客，
将军正在慕贤。
我将得知在遥远的幕府里，
你书记日益文采翩翩。

---

① 碣石：山名，在今河北昌黎县西北。辽西：古郡名。辖境大致在今河北、辽宁交界地区。 ② 渔阳：郡名，治所在渔阳县（今天津市蓟县）。蓟北：蓟门以北。蓟门，即古蓟丘。相传北京德胜门外的土城关即其遗址。 ③ 一道：指卢龙塞道，是古代河北平原通往东北的要道，非常险要。 ④ 三边：古代以幽州、并州、凉州为三边，后以三边泛指边地。 ⑤ 将军：当指信安王李祎。祎为玄宗从兄，官礼部尚书，开元二十年（732）领兵出击奚、契丹。 ⑥ 幕府：古代出征将士住在帐幕里，所以将军的府署也称幕府。 ⑦ 书记：指书牍奏记等应用文字，掌管其事者称掌书记，简称书记。翩翩：文采优雅丰美。

塞上

高适曾于开元二十年(732)北游燕赵,此诗即作于东出卢龙塞的时候。诗中对当时无休止的边事表示了无限的忧虑,并认为关键问题在于主将的不得力。但是作为一介书生,即使胸怀大志,有心报国,何处又是报国之门呢?所以只能发出“倚剑欲谁语,关河空郁纡”的慨叹。这种郁纡愁思正是诗人博大胸怀的坦露,也是高适边塞诗的一个基调。

《塞上》属于乐府题,《乐府诗集》曾将此诗收入。

东出卢龙塞①，浩然客思孤。
亭堠列万里②，汉兵犹备胡③。
边尘满北溟④，虏骑正南驱。
转斗岂长策？和亲非远图。
惟昔李将军，按节临此都⑤。
总戎扫大漠，一战擒单于。
常怀感激心，愿效纵横谟⑥。
倚剑欲谁语，关河空郁纡⑦。

【翻译】

我向东走出了卢龙塞，
不免心事浩茫感到孤单。
亭堠排列万里远，
大唐的士兵仍在防胡备战。
战争的烟尘弥漫着北海，
敌人的骑兵正在向南驰驱。
辗转久战岂是最好的计策，

---

①卢龙塞：古代东北边防要塞，在今河北迁安西北。②亭堠：瞭望、伺探敌情的岗亭土堡。③备胡：防备胡人的入侵。④北溟：北海，泛指北方远僻地区。⑤按节：按辔徐行，形容镇定、威武的大将风度。⑥纵横：原指战国时策士的合纵、连横，这里引申为谋略。谟：谋略。⑦郁纡：曲折起伏。

和亲通好也不是长远的谋图。
还是李广将军令人怀念，
他防守这里有如闲庭信步。
他总管军务横扫大漠，
一战便擒获了匈奴的单于。
我也常怀着对朝廷的感服之心，
很想为边防献出计谋。
可是我人微言轻，抚着宝剑向谁诉说，
空望着关塞河流盘屈迂回无尽头。

蓟门(五首选其五)

《蓟门五首》写于作者北游燕赵逗留幽州节度使治所蓟县期间。蓟门,即今河北蓟县。五首诗从不同的角度写了在当地的所见所闻和所感。总的基调,是面对旷日持久的边事表示了深深的忧虑。这一首是对总体形势表示自己的观感:胡兵恃强入侵,汉兵凭勇抵抗,战斗激烈,胜负未分。如果没有其他措施,光凭勇气是不能击退敌人的,所以前途未可乐观,有识之士都会发出“黄云愁杀人”的慨叹。

黯黯长城外，日没更烟尘。
胡骑虽凭陵①，汉兵不顾身。
古树满空塞，黄云愁杀人。

【翻译】

长城外边的天空是那么黯淡，
日落以后仍有烽烟战尘弥漫。
胡人的骑兵恃强侵凌，
大唐士卒奋不顾身抵御来犯。
空塞里满是古树，
黄云叫人愁肠欲断。

---

① 凭陵：进逼。

营州歌

《营州歌》为乐府题，与《凉州词》、《少年行》同一类型。此诗大约亦为高适早年北游燕赵时所作。它选择了一群少年围猎、纵酒等细节，加以简笔勾勒，写出了民族杂居边疆地区以牧猎为生，豪侠尚武的习俗，颇富情味。诗用仄韵，也更显得豪迈。

营州少年厌原野①，皮裘蒙茸猎城下②。
虏酒千钟不醉人③，胡儿十岁能骑马。

---

① 营州：治所在龙城（后改为柳城，在今辽宁省朝阳市），为盛唐时防御契丹的前哨阵地。厌：即“餍”字，引申为喜好之意。 ② 蒙茸：蓬松的样子。 ③ 虏酒：胡地产的酒。

【翻译】

营州的少年喜爱原野，
穿着毛茸茸的皮袍打猎到城下。
喝着胡地的酒千钟也不醉，
胡地的孩童十岁就会骑马。

邯郸少年行

《少年行》为乐府旧题，多咏少年轻生重义、任侠游乐之事。此诗大约作于作者北游燕赵、逗留邯郸的时候。它既写了邯郸的游侠少年，也抒发了自己的胸臆。邯郸为古时赵国的首都，是游侠豪士的故乡，可是现时的邯郸游侠少年已经没有古时的遗风了，只是些任性使气、纵情游乐的富家子弟而已。不过仔细一想，何独游侠之风在变，世上的人情交谊何尝不变呢？世情如此淡薄，还能有什么作为呢，倒不如和这些头脑简单的邯郸少年一块儿游乐，图个眼前快活。这自然是作者不满现实的牢骚语，但写得并不外露，而显得兀敖奇横，宕逸神远，为当时所重。殷璠在

《河岳英灵集》中就说他最喜爱其中的“未知肝胆向谁是，令人却忆平原君”两句。

邯郸城南游侠子①，自矜生长邯郸里。
千场纵博家仍富，几处报仇身不死。
宅中歌笑日纷纷，门外车马如云屯。
未知肝胆向谁是，令人却忆平原君②。
君不见今人交态薄，黄金用尽还疏索③。
以兹感叹辞旧游，更于时事无所求。
且与少年饮美酒，往来射猎西山头④。

【翻译】

邯郸城南游侠子，
自夸生长邯郸里，
千场纵博家仍富，
几处报仇身不死。

---

① 邯郸：战国时赵国的国都，唐时有邯郸县，属河北道惠州。今河北邯郸即其地。游侠：指古代一些好交游，轻生尚义、急人之难的人。 ② 平原君：即战国时代赵国的公子赵胜，赵武灵王之子，战国四公子之一。为人礼贤下士，喜交宾客，门下常有食客数千人。 ③ 疏索：冷淡、疏远。 ④ 西山：指位于邯郸西北十里的马服山。

家中的歌声笑语终日闹纷纷，
门外的高车大马聚集如云屯。
不知该向谁披肝沥胆，
只教人想念那平原君。
君不见如今的交情如纸薄，
黄金用尽了还你个疏索。
为此感叹辞别往日的朋友，
眼前的时事功名也无所追求。
且与年轻人共饮美酒，
往来射猎来到西山头。

效古赠崔二

效古，即仿效古体之意。崔二，名不详，应该也是一个怀才不遇的落魄者，两人在一起自有发不完的牢骚。高适集中另有一首《遇崔二有别》是送别崔二的，其中就有“谁谓多才富，却令家道贫”的话，大概是意有未尽，别后又另写此诗相赠。诗中对权贵的豪侈生活作了揭露，可以看出在封建社会的所谓盛世中存在着激烈的社会矛盾。

十月河洲时①，一看有归思。风飙生惨烈②，雨雪暗

① 河洲：河中陆地。 ② 惨烈：严寒。

天地。我辈今胡为？浩哉迷所至。缅怀当途者，济济居声位。邈然在云霄，宁肯更沦踬[1]！周旋多燕乐[2]，门馆列车骑。美人芙蓉姿，狭室兰麝气[3]。金炉陈兽炭[4]，谈笑正得意。岂论草泽中[5]，有此枯槁士[6]！我惭经济策，久欲甘弃置。君负纵横才，如何尚憔悴！长歌增郁怏，对酒不能醉。穷达自有时，夫子莫下泪。

【翻译】

寒冬十月我徘徊在河洲之上，

一眼看去便想回家乡。

猛烈的风暴带来了严寒，

雨雪飘飘天地为之无光。

我们今天为了什么？

浩渺地不知走向何方。

---

① 沦踬（zhì 质）：沦落困顿，受挫折。 ② 燕乐：本指宫廷宴客时奏的音乐，在唐代还吸收了西域少数民族音乐加以改进，这里泛指流行的音乐。 ③ 兰麝：兰与麝香，皆香料，这里指美人身上的香气。 ④ 兽炭：将炭屑调和制成兽形，称作兽炭。《晋书・羊琇传》："琇性豪侈，费用无复齐限，而屑炭和作兽形以温酒，洛下豪贵咸竞效之。" ⑤ 草泽：与朝廷相对而言，即指民间。 ⑥ 枯槁：贫穷、困苦。《庄子・天下》："虽枯槁不舍也。"枯槁士，指自己和崔二。

遥想那当道的执政，
一个个地位显赫名声远扬。
他们高远地像坐在云端，
哪里还能沦落困顿。
款待宾客演奏着流行音乐，
门前的马车排得老长。
美人像盛开的芙蓉，
狭室里散发出兰麝的芬芳。
金色的火炉里燃着兽炭，
宾主间谈笑风生得意洋洋。
有谁知道在广大的平民中，
我等是如此枯槁模样。
我惭愧没有经世济民的谋略，
甘愿长久地被弃置闲放。
您有经营天下的才能，
为什么也还是那么憔悴忧伤！
长歌反添胸中愤懑，
对酒不醉烦恼怎忘。
穷达自有命运，
请您切莫独自泪下成行。

独孤判官部送兵

此诗为开元二十三年(735)高适被举荐应征至长安时作。独孤判官,可能是当时安西四镇节度使夫蒙灵詧的判官独孤峻。此次是为督率送兵事而去西北边塞的,所以诗题称《独孤判官部送兵》。部,就是统率。诗中对朋友的出塞有慰问,有抚勉,更有热情的鼓励。面对现实,不甘沉沦,以坚韧不拔的态度去对待人生、改变自己的命运,这正是高适的处世态度。从“亦是封侯地,期君早着鞭”二句,即可看到他的这种自强不息的精神。

饯君嗟远别，为客念周旋[1]。
征路今如此，前军犹眇然[2]。
出关逢汉壁[3]，登陇望胡天[4]。
亦是封侯地，期君早着鞭[5]。

【翻译】

为您饯行惜您远别，
想起客中多次往来周旋。
征途如此艰苦，
前军还是遥远。
出了陇关将看到汉垒，
登上陇山可望见胡天。
这里也是封侯之地，
还望您早日扬鞭。

---

① 周旋：交际，应酬。 ② 眇：远。 ③ 关：陇关，又名大震关，在陇山之下，是由关中出塞经过的第一道重要关口。汉壁：指汉时军垒的遗迹。壁，军垒。 ④ 陇：陇山，亦名陇坻、陇坂、陇首。位于陕西陇县西北，山势险峻，为陕甘要隘。 ⑤ 早着鞭：早日进行。《晋书·刘琨传》：“常恐祖生先吾着鞭。”

醉后赠张九旭

这是写赠给当时的大书法家张旭的诗。张旭是唐代著名的书法家，善草书。他嗜酒如命，每次大醉，呼叫狂走一阵就执笔写字，有时干脆用头发濡墨写，醒来一看，以为有神助，再怎么认真写也写不得那样好。当时人叫他张颠。此诗大约写于开元二十四年(736)在长安与张旭共饮以后。它生动地写出了张旭的个性，及其不以年岁功名为事的处世态度。

世上漫相识①，此翁殊不然。

① 漫相识：非真心相交而泛呼为知己。漫，随便。

兴来书自圣[①]，醉后语尤颠。
白发老闲事，青云在目前[②]。
床头一壶酒，能更几回眠。

【翻译】

世俗的交情多是虚于应付，
这位老先生却大大不然。
兴头上写字神妙无比，
酒醉后说话尤为狂颠。
甘愿白发满头老于闲事，
任凭它赫赫功名摆在眼前。
忘不了的唯有床头一壶酒，
剩余的年月能有几回眠？

① 圣：神奇、神妙。 ② 青云：比喻高官厚禄。

淇上别业

此诗作于开元二十四年(736)秋天。当年他从长安出来就在靠近淇水的地方建一所别业住了下来,此诗即纪其事。淇水在河南省北部,离高适的故乡洛阳和第二故乡宋中都较远。他为什么建别业于此,无可靠材料说明,恐怕与他的“许国不成名,还家有惭色”的心理有关系。诗中对于淇水岸边农村景物的描写,疏淡亲切,优美动人,田园风味十足。

依依西山下①，别业桑林边②。
庭鸭喜多雨，邻鸡知暮天。
野人种秋菜，古老开原田③。
且向世情远，吾今聊自然④。

【翻译】

依依西山之下，
有别业在桑林旁边。
庭院中的鸭子喜欢多雨，
邻舍的鸡群知道暮天。
农夫在种秋菜，
老人在开原田。
且把世情抛远，
我如今聊且听任自然。

---

① 依依：隐约。 ② 别业：也称别墅，指本宅以外另于他处建造的游息之所。 ③ 古老：老年人，同“故老”。原田：原上的田地。 ④ 自然：任情自适。

送魏八

此诗也是开元二十四年(736)秋天写的。所送的魏八不知何许人,他的去向是东北边塞。高适前几年漫游燕赵,对那里的复杂情况比较了解,所以对朋友提出了“北路无知己,明珠莫暗投”的忠告。其中难分难舍的惜别之情也写得真切如见,深挚感人。

更沽淇上酒,还泛驿前舟。
为惜故人去,复怜嘶马愁。
云山行处合,风雨兴中秋①。

① 兴(xìng):感兴、感怀。

北路无知己①,明珠莫暗投②。

【翻译】

再到淇水岸边买酒,
还来驿站之前泛舟。
为的是惋惜老朋友即将分手,
怕听到马嘶生愁。
云山行处相合,
风雨感怀中秋。
北路再无知己,
明珠切莫暗投。

---

① 北路:往北去的路。 ②“明珠”句:明珠,喻出众才华;暗投,喻用得不是地方。

夜别韦司士

此首送友诗仍作于淇上，时间大约是开元二十五年(737)春天。韦司士，名不详。司士官名，司士参军的省称。诗的开头写夜中饯行场面，用客馆内的热烈气氛与客馆外的凄凉夜色烘托出话别时间之久、友情之深。次写预想中的沿途景物，以渲染朋友的旅途劳顿。最后以朋友声名在外，会处处有人接待这点来加以安慰。全诗感情浓烈，景象开阔，而又一气贯注，别具风致。

高馆张灯酒复清，夜钟残月雁归声。

只言啼鸟堪求侣①，无那春风欲送行②。

黄河曲里沙为岸③，白马津边柳向城④。

莫怨他乡暂离别，知君到处有逢迎。

【翻译】

高大的客馆里灯火通明酒也清，

直饮至夜钟响归雁鸣的月落时分。

只说是啼鸟要求友朋，

无奈那春风里要为您送行。

黄河曲里沙为黄河岸，

白马津边柳向白马城。

不要为他乡离别而难过，

知道您到处会有人逢迎。

---

① 求侣：呼求其友。《诗经·小雅·伐木》："伐木丁丁，鸟鸣嘤嘤……嘤其鸣矣，求其友声。" ② 无那：无奈何。③ 黄河曲：黄河的弯曲处。④ 白马津：在河南省滑县北，旧为黄河分流处，又名鹿鸣津，今已堵塞。据《水经注》载："津之东南有白马城。""柳向城"之城即指白马城。

自淇涉黄河途中作(十三首选其七、其九)

这组纪游诗写于开元二十五年(737)夏天,当时高适正离开淇上别业南渡黄河。诗的内容都是即景抒怀,由于所写景物不同,所抒情怀也不一样。这里选译了两首。“乱流自兹远”一首,从遥见楚汉城遗址,表明了自己对国内战争的看法。认为刘项之争,不管谁胜谁负,杀戮太多总是可悲的事情,幸好今日无战事,得以过太平日子。“朝从北岸来”一首写与农民的谈话,想为他们解除痛苦。

其　七

乱流自兹远①，倚楫时一望②。
遥见楚汉城③，崔嵬高山上。
天道昔未测，人心无所向。
屠钓称侯王④，龙蛇争霸王⑤。
缅怀多杀戮，顾此增凄怆。
圣代休甲兵⑥，吾其得闲放。

【翻译】

横过河水从此向远方，
我倚着船桨不时举目四望。

---

① 乱：横渡。 ② 楫：划船工具，与桨相似，较短。 ③ 楚汉城：指东、西广武城。二城分建在两个山头上，相距二百余步，隔一深涧，刘邦、项羽曾各占一山，相互对话。地在今河南荥泽县西广武镇，距黄河不远。 ④ 屠钓：屠夫和钓鱼者。屠指樊哙，曾以屠狗为业；钓指韩信，少时常在淮水边钓鱼。侯王：侯与王。侯，古代五等爵位的第二等。王，汉以后给皇族或功臣的最高封号。 ⑤ 龙蛇：《周易·系辞》："龙蛇之蛰，以存身也。"后用以比喻暂时隐身草野的英雄人物。此指刘邦、项羽。霸王（wàng 望）：成就霸业与王业，此指楚汉之争。 ⑥ 圣代：指唐代。

远远看见那楚汉古城，
依然耸立在高山之上。
天意当时难以测量，
人心也不知归向。
屠夫钓客忽然成了王侯，
龙蛇正在争霸称王。
想到那时杀戮之多，
看到遗迹就格外悲伤。
如今圣代不用甲兵，
我辈可以得到闲放。

其　　九

朝从北岸来，泊船南河浒①。
试共野人言，深觉农夫苦。
去秋虽薄熟，今夏犹未雨。
耕耘日勤劳，租税兼舄卤②。
园蔬空寥落，产业不足数。

---

① 南河浒：指黄河南岸。浒，水边。 ② 舄卤(xì lǔ 细鲁)：瘠薄的盐碱地。《汉书·沟洫志》："终古舄卤，今生稻粱。"

尚有献芹心①，无因见明主。

【翻译】

早晨从黄河北岸来，
泊船在南边的河浒。
试与那山野之人攀谈，
深感到农夫的苦难。
去年秋天虽说薄熟，
今年夏天还未下雨。
耕耘劳作无日不辛苦，
租税既多，种的又是盐碱土。
园中的蔬菜稀稀落落，
家里的田产不足计数。
我很愿向朝廷进言献策，
却无从见到圣明的君主。

① 献芹：对自己所作奉献的谦称。典出《列子·杨朱篇》，说有人以茎芹等为美食，于是献给乡里富豪，乡豪难以入口，以此遭到别人的耻笑。此人虽然不辨美恶，但确系诚心。后来遂以献芹为送东西给别人的谦词。

淇上酬薛三据兼寄郭少府微

此诗亦为淇上酬友怀友之作。高适的老朋友薛据先写了诗寄给他,他就回寄了这一首,并同时寄给了另一个朋友郭微。薛据,河中宝鼎人①,客居荆南②,曾任县主簿、县令等职。善诗,自伤不得早达,多慨叹人生之作。郭少府,名微,时任县尉,“少府”是唐人对县尉的雅称。薛、郭与高同为怀才不遇的人,共同的命运使他们有共同的语言,所以诗中多发自肺腑的话。诗的前半部分以大量笔墨叙述自身四处奔波,处处碰壁的遭遇。最使他怅然不乐的是自己有

① 宝鼎:今山西万荣西南。 ② 荆南:今湖北江陵。

为民请命的宏愿，而为恶薄的世俗所不容。其中“永愿拯刍荛，孰云干鼎镬”，深切地表示出对农民悲苦生活的关怀。其他的牢骚话也多有一定的社会意义。

自从别京华，我心乃萧索。十年守章句①，万事空寥落！北上登蓟门，茫茫见沙漠。倚剑对风尘②，慨然思卫霍③。拂衣去燕赵④，驱马怅不乐。天长沧洲路⑤，日暮邯郸郭。酒肆或淹留，渔潭屡栖泊。独行备艰险，所见穷善恶。永愿拯刍荛⑥，孰云干鼎镬⑦！皇情念淳古⑧，时俗何浮薄。理道资任贤⑨，安人在求瘼⑩。故交负灵

---

① 守章句：谨守儒家的章句之学。 ② 风尘：战争的风烟尘土。 ③ 卫霍：指汉代名将卫青和霍去病，均在对匈奴的战争中立过大功。 ④ 拂衣：提起衣襟起身，表示某种激动的感情。 ⑤ 沧洲：滨水之地，古称隐者所居。 ⑥ 刍荛：柴草，此处指割草砍柴的人。 ⑦ 干鼎镬(huò 获)：犯受烹刑的大罪。干，犯。鼎镬，古代的一种酷刑，即以鼎镬(均为古代烹饪器)烹人。 ⑧ 皇情：皇帝的心意。 ⑨ 理道：治国之道。为避唐高宗李治讳，改“治”为“理”。资：凭靠。 ⑩ 安人：即安民，安定百姓。为避唐太宗李世民讳，改“民”为“人”。求瘼(mò 莫)：访求民间疾苦。

奇，逸气抱謇谔①。隐轸经济具②，纵横建安作。才望忽先鸣③，风期无宿诺④。飘飖劳州县，迢递限言谑。东驰眇贝丘⑤，西顾弥虢略⑥。淇水徒自流，浮云不堪托。吾谋适可用，天路岂寥廓⑦！不然买山田，一身与耕凿。且欲同鹪鹩⑧，焉能志鸿鹤⑨！

【翻译】

自从离开京城长安，
我的心就忧郁寂寞。
十年间困守章句，
可万事空自寥落。
北行登上了蓟门，
见到那茫茫的沙漠。
倚着剑面对着战争风尘，

---

① 謇谔：正直敢言。 ② 隐轸：众多，富有。谢灵运《入东道路》："隐轸邑里密，缅邈江海辽。"经济具：经世济民的才能。 ③ 先鸣：胜过别人。以斗鸡为喻，胜而先鸣。 ④ 风期：风节信谊。宿诺：未及时兑现的诺言。 ⑤ 贝丘：古代齐国地名，今山东博兴南贝丘乡即其地。 ⑥ 虢略：古代虢国地名，今河南省灵宝旧称虢略镇，即其地。 ⑦ 天路：上天之路，谓仕途通达，可至卿相。 ⑧ 鹪鹩：一种小鸟，善于筑巢。《庄子·逍遥游》："鹪鹩巢于深林，不过一枝。" ⑨ 鸿鹤：即鸿鹄，俗称天鹅。善高飞，常用以比喻远大志向。

令人慨然怀想汉代名将卫与霍。
我拂衣离开燕赵，
赶着马可怅然不乐。
大白天走在沧洲路上，
傍晚时赶到邯郸城郭。
酒店里有时留下踪影，
渔潭边常常栖身落脚。
一个人赶路备尝艰险，
看尽了世上的善恶。
拯救穷民是我的夙愿，
哪怕会杀身鼎镬。
皇帝的心愿在保存古风淳朴，
时下的习尚却又何等轻浮浇薄。
治国之道要靠任用贤才，
安定民心必须关心民瘼。
二位老友都堪称奇才，
超逸不凡又直言不阿。
身怀经世济民的谋略，
写下了继承建安风骨的诗作。
才华声望早已著称，
风节信谊一贯重言诺。
可你们各自操劳于州县，

相隔千里阻隔了谈笑戏谑。
我向东神驰远望那贝丘，
向西回顾尽头是虢略。
淇水空自流过，
浮云也不能寄信请托。
我的才略倘能被赏识任用，
登天之路就不会茫无着落。
不然再买下几亩山田，
亲自挖井耕作。
姑且自比那鶺鸰，
哪能有志于鸿鹄。

别董大（二首）

董大为何许人，现在尚无法确定。敦煌写本《唐诗选》残卷题为《别董令望》，此董令望也不可考。另外房琯门下有著名琴师董庭兰，亦排行老大，不知是否其人。从内容看，大概写于高适离开京洛的浪游中。老朋友相逢连买酒的钱都没有，自是穷困不堪，但作者并没有因此而沮丧、沉沦，而是想到要奋翮高飞，其慷慨豪放之气自不可掩。

其　一

千里黄云白日曛①，北风吹雁雪纷纷。
莫愁前路无知己，天下谁人不识君！

【翻译】

千里黄云蔽天日色昏昏，
北风吹着归雁大雪纷纷。
不要担心前路茫茫没有知己，
普天之下谁个不识君！

其　二

六翮飘飖私自怜②，一离京洛十余年③。
丈夫贫贱应未足，今日相逢无酒钱。

---

① 曛（xūn 勋）：日落的余光，此指昏暗。 ② 六翮：鸟的羽翼。飘飖：飘动。六翮飘飖喻其四处奔波而无结果。祢衡《鹦鹉赋》："顾六翮之残毁，虽奋迅其焉如？" ③ 京洛：长安和洛阳。

【翻译】

六翮飘摇自伤自怜，
离开京洛已有十多年。
大丈夫贫穷谁又心甘情愿，
今日相逢却掏不出酒钱。

燕歌行并序

此诗作于开元二十六年(738)。高适的一个朋友从东北边塞回来,将所写的《燕歌行》给高适看,并揭露了幽州节度使张守珪战败还妄奏克捷等问题。高适也和了一首,对当时的边防实情作了揭露与批评,对战士们的久戍边疆得不到体恤,表示深刻的同情。诗中对塞外风物的描绘,对战争气氛的渲染,以及对战士的复杂内心世界的刻画,都有鲜明的特色,独具一种魅力,不愧为历代传诵的名篇。

开元二十六年，客有从元戎出塞而还者①，作《燕歌行》以示。适感征戍之事，因而和焉。

汉家烟尘在东北②，汉将辞家破残贼③。男儿本自重横行④，天子非常赐颜色⑤。摐金伐鼓下榆关⑥，旌旆逶迤碣石间⑦。校尉羽书飞瀚海⑧，单于猎火照狼山⑨。山川萧条极边土，胡骑凭陵杂风雨⑩。战士军前半死生，美人帐下犹歌舞。大漠穷秋塞草腓⑪，孤城落日斗

① 元戎：元帅，指幽州节度使张守珪。有的本子直接将“元戎”改为“御史大夫张公”。 ② 汉家：汉朝，唐人诗歌多以“汉”称本朝。 ③ 残贼：凶残的敌人。 ④ 横行：横行敌境。《史记·季布传》载樊哙语：“臣愿得十万众，横行匈奴中。” ⑤ 赐颜色：褒奖宠赏。 ⑥ 摐（chuāng 窗）：撞击。金：指钲（zhēng 征），古代铜制打击乐器，形似小钟，用以节制鼓声。 ⑦ 旌旆（pèi 佩）：泛指旗帜。旌为竿头饰有羽毛的旗，旆为大旗。逶迤（wēi yí 威移）：延绵不绝。碣石：在今河北昌黎西北。 ⑧ 校尉：武散官之一，这里泛指武将。羽书：插上羽毛的军事文书，表示须迅速传送。瀚海：即沙漠。 ⑨ 单于（chán yú 蝉鱼）：匈奴君长的称号，这里泛指敌人首领。狼山：在今内蒙古自治区乌拉旗东四十里，这里泛指边境敌方一侧的高山。 ⑩ 凭陵：逼压欺凌。风雨：像风雨那样迅猛。刘向《新序·善谋》：“且匈奴者，轻疾悍亟之兵也，来若风雨，解若收电。” ⑪ 腓（féi 肥）：草枯变黄。

兵稀①。身当恩遇常轻敌，力尽关山未解围。铁衣远戍辛勤久，玉箸应啼别离后②。少妇城南欲断肠③，征人蓟北空回首。边庭飘飖那可度，绝域苍茫无所有。杀气三时作阵云④，寒声一夜传刁斗⑤。相看白刃血纷纷，死节从来岂顾勋。君不见沙场征战苦，至今犹忆李将军⑥。

【翻译】

开元二十六年，一位跟随元帅出征的朋友回来，写了一首《燕歌行》给我看。我深感当今征战戍守的事情，于是和了一首。

汉家的烽烟在东北，
汉将辞家去破残贼。

---

① 斗兵：能战斗的士兵。 ② 玉箸：玉制的筷子，用以形容女人长流不断的眼泪。 ③ 城南：长安城南。唐代的长安，宫廷在北，住宅多在城南。 ④ 三时：早晨、午间、傍晚，代表一整天。作阵云：出现阵云。古人以为某种形状的云可以预兆战争，谓之阵云。《史记·天官书》载："阵云如立垣。" ⑤ 刁斗：古代行军用具，多用铜制，方形，如钵盂，有柄。白天用以烧饭，夜间用以巡更。 ⑥ 李将军：指汉将李广。李广以爱护士卒闻名。

男儿本来就重视横行，
何况天子破格地赐予颜色。

鸣金击鼓直下了榆关。
旌旗连绵在碣石之间。
校尉的羽书飞越瀚海，
单于的猎火照亮狼山。
边地的山川辽阔又荒凉，
胡骑袭来像急风暴雨般凶狂。
战士在军前半生半死伤，
可帐下有美人在歌舞乐声悠扬。
大漠深秋塞草枯萎，
孤城落日斗兵渐稀。
身受恩遇从来就轻敌，
可用尽了气力关山仍未能解围。
铁甲远戍辛勤已久，
玉箸应常泣在离别之后。
家住城南的少妇愁肠欲断，
身在蓟北的征人空自回首。
边庭遥远哪可度越，
绝域苍茫一无所有。
杀气三时凝作阵云，

寒声一夜在传刁斗。
相看那白刃相接，血雨纷纷，
为国捐躯哪能计较什么功勋。
您不知道沙场征战太苦辛，
至今人们还在想念李将军。

古大梁行

古大梁是战国时魏国的都城，在唐朝属汴州陈留郡，在今河南省开封市西北。此诗大约作于天宝四载与李白、杜甫同游开封的时候。《新唐书·杜甫传》曾提及此事说："尝从（李）白及高适过汴州，酒酣登吹台，慷慨怀古，人莫测也。"诗的头四句描写所见凄凉景象，五至八句推出古大梁往日的繁华局面，九至十二句再描写眼下状况，以突出今昔变化。"暮天"句以后进而写出这种巨大变化在自己心中所产生的震撼，抒发了深沉而激动的情怀。此诗在形式上也颇为别致，基本上隔两句一对仗，整饬可观而又转换自如。

古城莽苍饶荆榛①，驱马荒城愁杀人。魏王宫观尽禾黍②，信陵宾客随灰尘③。忆昨雄都旧朝市④，轩车照耀歌钟起⑤。军容带甲三十万⑥，国步连营一千里⑦。全盛须臾那可论⑧，高台曲池无复存。遗墟但见狐狸迹，古地空余草木根。暮天摇落伤怀抱，抚剑悲歌对秋草。侠客犹传朱亥名⑨，行人尚识夷门道⑩。白璧黄金万户侯，宝刀骏马填山丘。年代凄凉不可问，往来唯见水东流。

【翻译】

莽苍的古城荆棘丛生，

我骑着马儿走过好不愁杀人。

---

① 荆榛（zhēn 真）：荆棘丛生。榛，草木丛生。潘岳《关中诗》："荆棘成榛。" ② 宫观（guàn 贯）：宫殿。观，宫门前两边的望楼，也称作阙。尽禾黍：都种上了禾黍，言其荒凉。《诗经·王风·黍离》序："周大夫行役，至于宗周，过故宗庙宫室，尽为禾黍。" ③ 信陵：信陵君，战国四公子之一魏公子无忌。宾客：信陵君曾养食客三千人。 ④ 朝市：朝廷与市肆。⑤ 歌钟：古代打击乐器，即编钟，也泛指乐歌声。 ⑥ 军容：军队的营表，指军队的士气、装备、声威等。 ⑦ 国步：国土。⑧ 须臾：一会儿。 ⑨ 朱亥：战国时魏国人，隐于屠肆。为了报信陵君的知遇之恩，曾袖笼四十斤铁锤，锤杀魏国大将晋鄙，让信陵君夺兵救赵。 ⑩ 夷门：古大梁城东门。在今开封城内东北角。战国时夷门看守侯嬴，为报信陵君的礼遇，献窃符救赵之计，荐力士朱亥随行，行后侯嬴自刎。

往日魏王的宫殿长满了禾黍，
信陵君的宾客化成了灰尘。
回想起往昔这个雄都的旧朝市，
高车照耀歌钟声起。
军容有披甲战士三十万，
国势是营垒连绵一千里。
全盛之日很快逝去无可论，
高台曲池也荡然无存。
废墟里只见狐狸踪迹，
荒地上空留下草木残根。
薄暮时刻草木摇落最伤心，
我抚着剑柄对着秋草悲吟。
侠客朱亥的名字仍在流传，
行人尚可辨认夷门的路径。
什么黄金白璧万户侯，
宝刀骏马都埋进了山丘。
年代凄凉没有什么可深问，
来来往往只见那汴河水在向东流。

东平路中遇大水

据《旧唐书·玄宗纪》记载:"天宝四载,秋八月,河南、睢阳、淮阳、谯等八郡大水①。"高适正于此时到东平郡去②,沿途所见皆滔滔洪水,百姓深受其害,于是写下了这首诗。此诗纪事与感怀并重。所记灾情,历历如见,触目惊心;所述心事,语酸心悲,重在为百姓叫苦。高适这种体察人民疾苦的思虑,大有政治家的眼光与胸怀。

---

① 河南:治所在今河南洛阳。睢阳:治所在今河南商丘。淮阳:治所在今河南淮阳。谯:治所在今安徽亳州。 ② 东平郡:治所在今山东东平西北。

天灾自古昔，昏垫弥今秋①。霖霪溢川原②，澒洞涵田畴③。指涂适汶阳④，挂席经芦洲⑤。永望齐鲁郊，白云何悠悠！傍沿巨野泽⑥，大水纵横流。虫蛇拥独树，麋鹿奔行舟。稼穑随波澜，西成不可求⑦。室居相枕藉，蛙黾声啾啾⑧。乃怜穴蚁漂，益羡云禽游。农夫无倚着，野老生殷忧。圣主当深仁，庙堂运良筹。仓廪终尔给⑨，田租应罢收。我心胡郁陶，征旅亦悲愁。纵怀济时策，谁肯论吾谋！

【翻译】

天灾自古就有，

水患之大要算今秋。

久雨不停河水漫上了川原，

水势浩渺淹没了良田。

① 昏垫：陷溺，迷惘无所适从，形容百姓为水灾所困。《书·益稷》："洪水滔天，浩浩怀山襄陵，下民昏垫。" ② 霖霪：久雨。 ③ 澒洞（hòng tóng 哄同）：水势浩茫的样子。涵：积满、淹没。 ④ 汶阳：原为春秋时鲁国地名，故址在今山东宁阳东北。此处借古地名指东平郡。 ⑤ 芦洲：在今安徽亳州东涡河北岸。 ⑥ 巨野泽：亦名大野泽，在今山东巨野东五里，元末已干涸。 ⑦ 西成：秋天的收成。古时以西方配秋天。 ⑧ 黾（mǐn 敏）：即蛙。 ⑨ 仓廪：储藏粮食的仓库。

我启程要去汶阳，
挂满帆篷经过芦洲。
远远地望着齐鲁的郊野，
天上的白云何其悠悠。
沿着巨野泽走，
大水纵横溢流。
虫蛇盘踞着水中孤树，
麋鹿跑向那航行的小舟。
庄稼淹在水中随波飘动，
秋天的收成哪可寻求。
房舍倒塌相互枕压，
到处听到蛙声啾啾。
可怜那穴中的蚂蚁四处漂浮，
羡慕那云中的禽鸟信天飞游。
农夫无倚无靠，
野老深深担忧。
圣君自应恩泽深厚，
朝廷也该运用良筹。
粮仓终得向农夫打开，
田租当然也予免收。
我的心情为什么闷闷不乐？

这样的旅途实在令人悲愁。
纵然有匡时救世的良策，
谁又肯讨论采纳我的计谋？

送前卫县李寀少府

此诗作于天宝五载(746)春天,高适旅居东平之时。卫县当时属汲郡,今河南省淇县即其地。少府是县尉的别称。这个李寀(cǎi 采)做过卫县县尉,时已卸任,所以称前卫县少府。诗中以交友十年异地一会,不意又作千里之别,表现出深沉的惋惜与怨恨;又以孤舟远去,匹马独回,渲染他们的难舍难分。所以语不多而情深,景不繁而自佳,神足韵丰,为送别诗中上乘之作。

黄鸟翩翩杨柳垂①，春风送客使人悲。
怨别自惊千里外，论交却忆十年时。
云开汶水孤帆远②，路绕梁山匹马迟③。
此地从来可乘兴，留君不住益凄其④。

【翻译】

黄莺轻飞柳丝垂，
春风中送客使人伤悲。
惜别自惊您要去千里之外，
论交却教人回想十年之前。
汶水上云开雾散孤帆送你走远，
梁山里山回路转，单匹马载我回迟。
此地从来可以乘兴游乐，
留你不住真是格外凄凉。

① 翩翩：鸟轻疾飞行的样子。 ② 汶水：俗呼大汶河，唐代汶水故道在今山东大汶河之南。 ③ 梁山：在今山东东平湖西梁山县南。 ④ 凄其：形容寒凉，等于说“凄凄”。“其”为语助词。《诗经·邶风·绿衣》：“凄其以风。”

赋得还山吟送沈四山人

沈四山人，亦称沈四逸人，就是当时的名士沈千运。他是吴兴①人，排行第四，屡试不第，后来隐居濮上，工于诗，气格高古，为当时士流所敬慕。天宝五载(746)秋天，高适与李白、杜甫同游濮上，得以相会。沈千运要回山中别业去，高适便写此诗赠别。诗中重在赞美沈千运不同流俗的情怀。诗的格调与高诗的一贯风格稍异，颇有一种浪漫洒脱之气贯注其间，兴象丰富，声情悠远，一直为后人所推崇。

① 吴兴：今属浙江。

还山吟，天高日暮寒山深，送君还山识君心。人生老大须恣意，看君解作一生事①。山间偃仰无不至②，石泉淙淙若风雨，桂花松子常满地。卖药囊中应有钱，还山服药又长年。白云劝进杯中物，明月相随何处眠？眠时忆问醒时意，梦魂可以相周旋③。

【翻译】

还山吟，

天高日暮寒山深，

此时刻送您还山深知您的心。

人到老大贵在任情适性，

您就很会安排自己的后半生。

在山间悠闲自得无所不至，

石上流泉淙淙像风雨，

① “解作”句：懂得怎样安排自己的一生。解，晓悟、知道。作，同“做”。据《唐才子传》记载，沈千运回山中别业后曾说：“衡门之下，可以栖迟。有薄田园，儿稼女织，偃仰古今，自足此生，谁能作小吏走风尘下乎？”此句即指此而言。② 偃仰：即俯仰。指生活悠闲自得。至：适当、惬意。 ③ “梦魂”句：表明自己并不孤独。《世说新语·品藻》载：桓温要与殷浩比高下，殷浩毫无竞心，说：“我与我周旋久，宁作我。”这里将“我与我周旋”化解为身与魂周旋。

桂花松子落得常满地。
卖药的囊中应该还有钱，
回到山中服药又延年。
悠悠白云会劝您多进杯中物，
明月相随您在何处安眠？
眠时如果想问醒时事，
梦魂自会来相周旋。

同群公出猎海上

天宝五载(746)冬天,高适与李白、杜甫等同游北海郡,拜会北海太守李邕。北海郡靠近渤海,李邕又好驰猎自恣,欢会中以打猎取乐自是情理中事。杜甫的《壮游》诗中曾说到"冬猎青丘旁",此诗大概也就是此次出猎的纪实之作。青丘在当时北海郡的千乘县,即今山东广饶,靠近渤海莱州湾,故云出猎海上。诗中所写限于打猎,除了前后各有几句叙及心情的话外,其余篇幅都是描述打猎的场面和气氛,紧张激烈,生动形象,读后令人有置身其中之感。末尾数语带点自警自诫意味,给全诗增加了思想深度。

畋猎自古昔①，况伊心赏俱②。偶与群公游，旷然出平芜。层阴涨溟海③，杀气穷幽都④。鹰隼何翩翩⑤，驰聚相传呼⑥。豺狼窜榛莽⑦，麋鹿罹艰虞⑧。高鸟下骍弓⑨，困兽斗匹夫。尘惊大泽晦，火燎深林枯。失之有余恨，获者无全躯。咄彼工拙间⑩，恨非指踪徒⑪。犹怀老氏训⑫，感叹此欢娱。

【翻译】

打猎的风习自古相传，

它真叫人赏心开颜。

这次偶然与诸公游猎，

一同来到了平坦的荒原。

---

① 畋猎：打猎。 ② 伊：其，这个，此指畋猎。心赏：心有所悦。 ③ 溟海：深色的大海，此指渤海。 ④ 幽都：北方边远之地。旧称日落于此，万象阴暗，故名幽都，这里指幽州。 ⑤ 隼（sǔn 损）：又名鹘，一种凶猛善飞的鸟。 ⑥ 传呼：指挥鹰隼和指示逃兽踪迹的呼唤声。 ⑦ 榛莽：杂乱的草木丛。 ⑧ 艰虞：艰难忧患。 ⑨ 骍（xīng 星）弓：调理好的弯弓。 ⑩ 工拙间：工巧与笨拙的差别。间，差别。 ⑪ 指踪：发踪指示，即放鹰犬追捕逃兽。指踪徒，即猎人。《史记·萧丞相世家》："夫猎，追杀兔兽者狗也，而发踪指示兽处者人也。" ⑫ 老氏训：老子的训诲，指《老子》"驰骋畋猎，令人心发狂"等语。

层层的阴云笼罩着渤海，
幽都一带杀气冲天。
鹰隼在空中盘旋疾飞，
人马驰逐包围相呼喧。
豺狼从草木丛中逃窜，
麋鹿首先遭到厄难。
空中的飞禽应着弓弦声坠落，
疲困的野兽只须一个人周旋。
惊起的尘土大泽为之阴暗，
茂密的森林被猎火烧完。
遗憾的是捕杀的手段太狠，
猎获的东西没能把躯体保全。
捕猎的工拙差别就在此，
可惜我们不是发踪指示之徒。
老子的教训还是值得怀想，
应感叹这次欢娱。

封　丘　县

高适早年隐身渔樵，困顿不堪，直到天宝八载(749)才由宋州刺史张九皋推荐，中“有道科”，得了个封丘县尉的小官。县尉是以捕盗贼、察奸宄为职责的下级官吏。高适素有“屈指取公卿”的抱负，对此心里自然不那么痛快。这首诗就写于上任后不久，它集中地揭示了他的理想与现实的矛盾，以及刚出仕又希望归隐的复杂心理，是典型的“有气骨”的“胸臆语”。其中最为人称道的是“拜迎长官心欲碎，鞭挞黎庶令人悲”二句，从中可以见到诗人爱己爱民的正直人品。全诗结构严整，而又波澜起伏；感情奔泻，而又跌宕回旋。

我本渔樵孟诸野①，一生自是悠悠者②。
乍可狂歌草泽中，宁堪作吏风尘下。
只言小邑无所为，公门百事皆有期。
拜迎长官心欲碎，鞭挞黎庶令人悲。
悲来向家问妻子，举家尽笑今如此！
生事应须南亩田③，世情付与东流水。
梦想旧山安在哉④？为衔君命日迟回。
乃知梅福徒为尔⑤，转忆陶潜归去来⑥。

【翻译】

我本是渔樵在孟诸之野，
一辈子自是个悠悠者。
只可以狂歌在草泽之中，
哪能作县吏委身风尘之下。
只说县小事少无作为，

---

① 孟诸：古泽名，在今河南商丘东北。高适曾长期隐耕于位于今商丘南的宋城。 ② 悠悠者：闲散不羁的人。 ③ 南亩田：泛指田地。 ④ 旧山：犹言家山、故乡。 ⑤ 梅福：西汉末年人，曾任南昌尉，后来弃官不做，却又难忘国事，数次上书进言，不被采纳，传说后来已成仙人。徒为尔：空这样做了。⑥ 归去来：陶渊明曾任彭泽县令，不久辞职回家，并写有《归去来辞》，表示自己摆脱尘杂的愉快心情。

哪知公门万事完成要克期。
拜迎长官心欲碎，
鞭打百姓叫人悲。
悲伤时回家问问妻子，
全家笑我少见多怪当今都如此。
维持生计还得靠田地，
世情不如付与东流水。
梦里思念家乡旧山安在哉？
只为奉君命来此不免迟疑徘徊。
才知道梅福那样是徒劳，
只想着陶潜的《归去来》。

使青夷军入居庸(三首选其一)

居庸关位于居庸山中,唐称蓟门关,至今残迹犹存,在今北京市昌平区。高适到封丘县就任县尉的第二年,即天宝九年(750)送兵到范阳节度使统辖的青夷军,途经居庸关,写下了这组诗。这一首纯写关山的难以度越,将行役之苦与关塞之险交织在一起,可以想见诗人当日匹马过关的意兴。

匹马行将久,征途去转难。
不知边地别,只讶客衣单。
溪冷泉声苦,山空木叶干。
莫言关塞极,云雪尚漫漫。

【翻译】

马走了好久，

征途上愈走愈难。

不知道边地气候有差别，

只惊讶衣服太单。

溪水清冷泉声苦，

山里空空树叶干。

不要说关塞是极边，

还有那云雪迷迷漫漫。

自蓟北归

此诗大约作于天宝十载(751)送兵青夷军返回之时。高适素有报效国家、立功边塞之志，此次送兵到塞北大概也有寻找机会之意，但是看到战事失利，主将正在找借口推卸责任，谁还有心思延揽人才，也就只得怏怏而归。“五将”二句非泛泛之言，当有所指。“苍茫远山口，豁达胡天开”，写行进中所见北地景物极富特征。作为律诗，首二句重复使用“北”、“马”二字，也不常见。

驱马蓟门北，北风边马哀。
苍茫远山口，豁达胡天开。

五将已深入①，前军止半回。

谁怜不得意，长剑独归来②。

【翻译】

策马驰奔在蓟门之北，

北风呼啸边地马鸣声哀。

远望山口只是苍茫一片，

走出峡谷才见胡天豁然大开。

五将已经深入敌境，

前军只有一半返回。

还有谁怜惜我这个失意之人，

只好弹着长剑独自归来。

---

① 五将：汉宣帝本始二年（72），曾遣田广、范友明、韩增、赵充国、田顺五将军，率兵十余万骑出塞，深入数千里。 ②“谁怜”二句：用冯谖客孟尝君故事，感叹无人识拔，只得弹着长剑而归。战国时齐国孟尝君有门客冯谖，因没有得到重视，常弹剑而歌曰：“长铗（剑）归来乎。”后来为孟尝君出力不少。

蓟中作

此诗也作于天宝十载(751)北使青夷军返归之时,有的本子就直题《送兵还作》。此诗构思与上一首《自蓟北归》基本相同。也是首写边塞的纷扰不宁,后写自己虽有报国之志,安边之策,无奈边将无能,欺蔽成性,无意招揽人才,使自己不得一试才略,不免产生怀才不遇的忧伤。

策马自沙漠,长驱登塞垣①。
边城何萧条!白日黄云昏。
一到征战处,每愁胡虏翻②。

① 塞垣:边塞之地。 ② 翻:翻覆,变乱。

岂无安边书？诸将已承恩①。

惆怅孙吴事②，归来独闭门！

【翻译】

我骑着马走过沙漠，
长驱直登上塞垣。
边城何等萧条，
大白天云色既黄又昏。
一踏上两军争战之地，
每担心胡兵会翻覆。
难道就无安边计策？
诸将已得恩赏，谁还管什么边防。
目前的用兵之事真令人惆怅，
只好回家独自闭门不出自调养。

① “诸将”句：说诸将不知边防之事，自认为已得到皇帝的恩赏，就意味着自己有功，用不着再考虑预防边患。 ② 孙吴事：用兵之事。孙指孙武，吴指吴起，均为古代著名军事家。

同薛司直诸公秋霁曲江俯见南山作

此诗作于天宝十一载秋天，此时高适已辞去封丘县尉来到长安。他在长安的朋友很多，经常结伴游览，曾与杜甫、岑参、薛据、储光羲等同登慈恩寺塔，且各有登塔的诗篇。题中的薛司直大概就是薛据，诸公自也离不开上述友人。此诗写的是一个特定的景象，就是在一场秋雨初晴后，曲江池上倒映着终南山的倒影，水光山色叠印在一起，变幻莫测，确是一种奇观。这比直接地去描述终南山和曲江池更见艺术效果。从而后面所表述的寄心青霞情怀，也就显得真实可信，且特具一种飘逸之气。诗题的"同"就是"和(hè 贺)"，是和薛据等的原作。

南山郁初霁，曲江湛不流。若临瑶池间，想望昆仑丘①。回首见黛色②，眇然波上秋③。深沉俯峥嵘④，清浅延阻修⑤。连潭万木影，插岸千岩幽。杳蔼信难测⑥，渊沦无暗投⑦。片云对渔父，独鸟随虚舟。我心寄青霞⑧，世事惭白鸥。得意在乘兴，忘怀非外求。良辰自多暇，忻与数子游⑨。

【翻译】

终南山郁郁葱葱雨后初霁，

曲江池深湛不流。

仿佛身临瑶池之间，

想望着昆仑之丘。

回头看到苍翠的山色，

---

① "若临"二句：瑶池、昆仑都是我国古代神话中的西方仙境，一为池，一为山。昆仑丘，即昆仑山。这里将曲江比作瑶池，将终南山比作昆仑。 ② 黛色：指苍翠的山色。 ③ 眇然：隐约、缥缈。 ④ 俯峥嵘：俯映着南山的峥嵘面貌。峥嵘，高峻的样子。 ⑤ 阻修：既有阻隔又修长无比。《诗经·秦风·蒹葭》："道阻且长。"这里指倒映曲江的南山断续延绵。 ⑥ 杳蔼：深窈冥暗。 ⑦ "渊沦"句：渊沦：深潭。无暗投：无暗投的明珠白璧。《汉书·邹阳传》："臣闻明月之珠，夜光之璧，以暗投人于道，众莫不按剑相眄者，何则？无因而至前也。" ⑧ 寄青霞：与青霞相伴，指归隐。青霞，即青云。 ⑨ 忻：同"欣"。

眇然地像波上的点染秋光。
水深处倒映出峥嵘景象，
水浅处也可见它既阻又长。
潭面上漂荡着万木影，
直插岸边的是千岩幽。
深沉窈冥真是难以看透，
深渊中无明珠暗投。
一片云彩对着渔父，
一只飞鸟随着空舟。
我为之心动很想与青霞为友，
却不能抛开世事深愧了白鸥。
得意在乘兴之时，
忘怀也不须外求。
在这美好的时光我多有闲暇，
很高兴能与诸公共游。

送李侍御赴安西

此诗作于天宝十一载(752)秋天,高适当时在长安。李侍御,名不详。“侍御”,专管纠察非法,有时也出使州郡执行任务。当时高适正想到军中去展示才能,求取功名,恰逢朋友先走这条道路,也有说不出的羡慕之情。所以这首诗不见丝毫伤感,只是一味的安慰与鼓励。其中尤以“功名万里外,心事一杯中”两句为人称赏,因为它将友人强烈的功名欲望和自己的钦羡之情与临别的酒杯结合起来,使本来就很丰富的感情借着酒力变得更加浓烈醇厚,特别耐人咀嚼回味。

行子对飞蓬①，金鞭指铁骢②。
功名万里外，心事一杯中。
虏障燕支北③，秦城太白东④。
离魂莫惆怅，看取宝刀雄。

【翻译】

作为行客面对着飞蓬，
手持金鞭指挥着铁骢。
功名在万里之外，
心声在一杯之中。
虏障在燕支之北，
长安在太白之东。
离别不要难过，
看取宝刀称雄。

---

① 飞蓬：蓬草遇风，旋转不定，飘行千里，常用以比喻游子。 ② 铁骢：青、黑毛相杂的马。 ③ 虏障：遮虏障，古边塞名，即居延塞。汉武帝时伏波将军路德博所筑，南起合黎山麓（在今甘肃），北抵居延城（在今内蒙额济纳旗）。遮虏障不在安西方向，这里借以泛指西北边塞。燕支：山名，在今甘肃山丹东南。 ④ 秦城：指长安。太白：山峰名，亦称“太乙”，秦岭的高峰，在今陕西眉县。

送蹇秀才赴临洮

此诗与上一首作于同时同地。蹇秀才不知何许人。他去的临洮，即临洮郡，治所在今甘肃临潭西南。当时已成为边境重镇，属陇右节度使管辖。大概这位蹇秀才与高适相似，都是久沉下僚，想到战场上去争取功名，所以高适鼓励他勇往直前，没有流露一点离愁别绪。

怅望日千里，如何今二毛①！
犹思阳谷去②，莫厌陇山高。

① 二毛：头发黑白相间，俗称花白头发。 ② 阳谷：地名，在今甘肃淳化北。

倚马见雄笔[1]，随身唯宝刀。
料君终自致，勋业在临洮。

【翻译】

怅望一日千里，
如今头上有了二毛。
还想奔赴阳谷，
不嫌陇山山高。
倚马可见纸笔，
随身只带宝刀。
预料你终能自致高位，
建功立业的地方就在临洮。

---

① 倚马：指倚马可待的敏捷才思。典出《世说新语·文学》篇，说桓温北征时，随从官中有一个叫袁虎的，被责免职，刚好有一篇告捷的文书要写，桓温便命令袁虎倚在马前赶写。袁手不停笔，一口气写了七张纸，非常可观。后世即用倚马可待形容文思敏捷。

送刘评事充朔方判官赋得征马嘶

此诗也是天宝十一载(752)秋天作于长安。所送的这位刘评事,名不详。“评事”是他的官衔,是大理寺的属官,他是以这个官衔出任朔方节度使判官而离京的。朔方节度使的治所在灵州①。唐时如有多人为朋友送别,往往各赋一物以赠别。高适以乐府古题《征马嘶》为题,所以称“赋得征马嘶”。诗的前四句扣题写征马的鸣叫,并赋于征马以人的感情,烘托出离别的气氛。后四句言惜别之情。“歧路风”、“关山月”为慰勉之词,最后用“大刀头”盼望朋友早日回

① 灵州:今宁夏回族自治区灵武西南。

来，也别有韵味。

征马向边州，萧萧嘶不休①。
思深应带别②，声断为兼秋③。
歧路风将远，关山月共愁。
赠君从此去，何日大刀头④。

【翻译】

征马前往边州，
萧萧嘶鸣不休。
意绪深沉应带离别，
声音凄绝为隔三秋。
歧路风伴你走得很远，
关山月与你同分忧愁。
赠诗送你从此离去，
何日方是大刀之头。

---

① 萧萧：马鸣声。嘶：马鸣。 ② 思（sì 四）：思绪。 ③ 兼秋：数个秋天，言时间之久。鲍照《还都道中作》："俄思甚兼秋。"李善注："兼犹三也。毛诗曰：'一日不见如三秋。'" ④ 大刀头：隐语。大刀有环，"环"谐音"还"，隐含回还之意。《乐府题解》："大刀头者，刀头有环也。何当大刀头者，何日当还也。"

送　别

此诗不知写于何时，也不知送别何人。但构思和声律都不同一般，别有情致。一般的送别诗总爱写临歧分手的场面，因为这个场面最能体现主客间的情谊，可是此诗偏偏撇开这个场面不写，而写送客的主人一夜离心郁陶，等待着第二天送朋友上路，可归客不忍心与朋友当面话别，而在黎明时分悄悄地策马离去，使主人欲送不成而留下离思。另外，这首七言古诗共八句，却用了三个韵，较为少见，似乎是作者为了配合场面的转换和感情的跌宕而有意为之。

昨夜离心正郁陶①，三更白露西风高。
萤飞木落何淅沥②，此时梦见西归客。
曙钟寥亮三四声③，东邻嘶马使人惊。
揽衣出户一相送，唯见归云纵复横。

【翻译】

昨夜里为友人离别心神不宁，
西风高吹白露如霜夜已三更。
萤火乱飞，落叶淅淅沥沥作响，
此时又梦见了西归友人的身影。
晨钟嘹亮响了三四声，
忽然听到东邻马叫令我心惊。
披衣服出门忙去送客，
只见那归云既纵又横。

① 郁陶：忧思积聚。 ② 淅沥：落叶声。 ③ 寥亮：同“嘹亮”，指声音清越高远。

金城北楼

天宝十一载(752)秋冬之际,高适经人引荐,入陇右节度使哥舒翰幕中,充任掌书记。此诗即写于离开长安赴陇右途经金城时作。金城即金城县,故地就是今甘肃兰州。高适隐身渔樵数十年,刚做了几年县尉又不堪吏役辞掉了,可谓饱尝世途的艰辛。此次赴陇右幕府,虽是他所渴求的,但前途如何,未可预卜,所以诗中仍有几分观望心情。

北楼西望满晴空,积水连山胜画中。

湍上急流声若箭①,城头残月势如弓。
垂竿已谢磻溪老②,体道犹思塞上翁③。
为问边庭更何事④,至今羌笛怨无穷⑤。

【翻译】

在北楼西望只见万里晴空,
积水连山胜似画中。
石滩上的急流淙淙声如箭,
城头上的残月弯弯形似弓。
垂竿钓鱼我已辞谢了磻溪老,

---

① 湍上:湍濑之上。石上的急流叫湍濑。 ② 谢:辞,告别。磻溪老:指姜尚即姜太公。磻溪,渭水的一条支流,在今陕西宝鸡东南。传说姜太公出仕前垂钓于此。 ③ 体道:领会深奥的道家玄理,此指《老子》的“祸兮福所倚,福兮祸所伏”。塞上翁:指《淮南子·人间训》中“塞翁失马,安知非福”一故事中的塞翁。此翁走失了一匹马,别人为他惋惜,他却说这可能是件好事,不久,走失的马果然带了一匹骏马而归。人家向他祝贺,他又说这说不定是件坏事,不久果然他的儿子骑此马摔断了腿。人家又为他难过,他却说这说不定又是件好事,不久当地征兵,他的儿子因为脚跛而得免。 ④ 更:经历。 ⑤ 羌笛:古代一种管乐器,原出古羌族,长二尺四寸。有说四孔,有说五孔。

体悟玄理我还思念那塞上翁。
想问问边庭又发生了什么事情，
至今羌笛仍是怨声无穷。

入昌松东界山行

唐代陇右道武威郡有昌松县，故城在今甘肃省古浪县西。此诗即作于赴哥舒翰幕府途经昌松时。诗中主要写了山行的艰险。高山挡路，坡路崎岖，水流激石，松色寒天，虽是在山行中常见的景色，由于刻画细致，着色鲜明，给人以身临其境之感。末二句虽也是常话，但用于山行艰难的具体描述之后，却显得意味深长。

鸟道几登顿①，马蹄无暂闲。

① 登顿：忽上忽下、忽行忽止，形容山路的难走。谢灵运《过始宁墅》："山行穷登顿，水涉尽洄沿。"

崎岖出长坂①，合沓犹前山②。
石激水流处，天寒松色间。
王程应未尽③，且莫顾刀环④。

【翻译】

在鸟儿才能飞越的山路上簸颠，
马蹄笃笃没有一刻偷闲。
好容易通过一道崎岖的长坡，
又有重重叠叠的大山出现在眼前。
湍急的水流冲激着巨石，
松树的枝叶划破了寒天。
为王事奔波路程尚没有走尽，
且不要过早地回看刀环。

---

① 坂：山坡，斜坡。 ② 合沓：重叠。 ③ 王程：奉王命差遣的行程。 ④ 顾刀环：隐指还家，“环”谐音“还”。

自武威赴临洮谒大夫不及因书即事寄河西陇右幕下诸公

高适初赴哥舒翰幕府时，哥舒翰任陇右和河西两节度使，加摄御史大夫。高适首先到了河西节度使治所武威，可哥舒翰去了陇右节度使管辖的临洮，他赶到临洮又碰上哥舒翰外出，未能及时拜见，于是把当时在临洮的所见和所感写成此诗寄给河西、陇右幕中的同僚。诗中对临洮驻军的勇武善战的高昂士气和热烈场面作了生动的描绘，表现出对哥舒翰的崇敬和对边防战士的热爱。后面写到的对河西、陇右幕中诸公的颂扬和自己的谦恭，也是初入幕府者的应有礼节和态度。

浩荡去乡县，飘飖瞻节旄①。扬鞭发武威，落日至临洮。主人未相识，客子心忉忉②。顾见征战归，始知士马豪。戈鋋耀崖谷③，声气如风涛。隐轸戎旅间④，功业竞相褒。献状陈首级，飨军烹太牢⑤。俘囚驱面缚⑥，长幼随巅毛⑦。毡裘何蒙茸⑧，血食本羶臊⑨。汉将乃儿戏⑩，秦人空自劳⑪。立马眺洪河，惊风吹白蒿。云屯寒色苦，雪合群山高。远戍际天末，边烽连贼壕。我本江

① 节旄：古时使臣执以示信的节，本由动物的毛编缀而成，像竹节，称为节旄。唐代节度使皆赐节。瞻节旄：指拜见哥舒翰。 ② 忉忉（dāo 刀）：忧伤的样子。 ③ 鋋（chán 蝉）：一种铁把短矛。 ④ 隐轸：繁盛众多。 ⑤ 太牢：古代祭祀用牛、羊、豕三牲叫太牢。后专指牛为太牢，羊为少牢。 ⑥ 面缚：缚手于背，只见其面，即背缚。 ⑦ 巅毛：即头发。巅，同"颠"，头顶。 ⑧ 毡裘：毛制的衣服。蒙茸：皮毛纷乱的样子。 ⑨ 血食：指游牧民族以牛羊肉为主食。 ⑩"汉将"句：汉文帝曾夸赞周亚夫治军有方，批评刘礼、徐厉治军如儿戏："嗟乎，此真将军矣。曩者霸上、棘门若儿戏耳，其将固可袭而虏也。至于亚夫，可得而犯邪？"这里借此称颂哥舒翰治军胜于他将。 ⑪"秦人"句：秦始皇兼并天下以后，派蒙恬带兵三十万逐匈奴、收河套、筑长城，以图万世有天下，结果二世而亡，说明秦人戍边劳而无功。这里借以称颂哥舒翰功盖古今。

海游，逝将心利逃①。一朝感推荐②，万里从英旄③。飞鸣盖殊伦④，俯仰忝诸曹⑤。燕颔知有待⑥，龙泉惟所操⑦。相士惭入幕⑧，怀贤愿同袍⑨。清论挥麈尾⑩，乘酣持蟹螯。此行岂易酬，深意方郁陶。微效倘不遂，终然辞佩刀。

【翻译】

怀着宏大的心愿离开乡县，

飘摇地去瞻仰大夫的节旄。

扬鞭从武威出发，

落日时分便到了临洮。

---

① 心利逃：逃脱名利私欲的束缚。《庄子·让王》："故养志者忘形，养形者忘利，致道者忘心矣。" ② 感推荐：天宝十一载，高适经陇右节度使判官田梁丘推荐入哥舒翰幕府。 ③ 英旄：同"英髦"，才俊之士。 ④ "飞鸣"句：《史记·滑稽列传》："此鸟不飞则已，一飞冲天；不鸣则已，一鸣惊人。"后借"飞鸣"指显露出的才干。 ⑤ 俯仰：随上随下，指一块共事。诸曹，指幕下诸公。 ⑥ 燕颔：燕子的下巴。古代相术认为人颔长得如燕颔那样阔大，为万里侯之相。 ⑦ 龙泉：宝剑名。 ⑧ 相士：识别人才。《史记·平原君列传》："胜相士多者千人，寡者数百，自以为不失天下之士。" ⑨ 同袍：袍，长衣，如后世之斗篷。古代军人行军日以当衣、夜以当被，言同袍以喻友爱。后世军人相称为同袍。 ⑩ 麈尾：用麈尾制成，魏晋名士清谈时常拿着它，称为麈谈。

可主人不在驻地未能识面，
作为远来之客我好不心焦。
回头看着军队征战归来，
不禁赞叹士马气豪。
闪光的戈矛照耀崖谷，
胜利的欢呼有如风涛。
戎旅之间车马众多，
功业辉煌竞相赞褒。
递上功状献出首级，
犒劳众军大烹太牢。
反缚着的俘虏被驱赶，
按头发的黑白排列少与老。
他们穿的毡裘何其蒙茸，
他们的血食本太膻臊。
汉将乃同儿戏，
秦人徒然辛劳。
立马远眺着大河，
疾风吹动了白蒿。
乌云聚积寒色苦，
大雪覆盖群山高。
远处的戍楼延伸到天尽头，
边境的烽火逼近了敌战壕。

我本作江海之游，
早已把心机名利远抛。
一旦有感于推荐，
不远万里来追从诸位英豪。
诸公飞鸣真不同一般，
往来应酬自惭不如诸曹。
燕颔封侯原知可待，
龙泉将为你们稳操。
惭愧被识拔入幕，
慕贤我愿与诸公同袍。
听你们挥着麈尾清谈，
与你们开怀痛饮手持蟹螯。
此行岂容易相酬，
深意正为此郁陶。
如果一点微小的报效都做不到，
我就卸掉身上的佩刀。

同李员外贺哥舒大夫破九曲之作

九曲，即汉时之大小榆谷，在今青海化隆。其地水草丰茂，宜于畜牧。唐开元中，吐蕃请求把它作为金城公主的汤沐邑。天宝十二载(753)，哥舒翰经恶战把它收复。当时高适不在前线，幕府里有位姓李的员外郎在幕府写了一首《贺哥舒大夫破九曲》的诗，高适和了他一首。诗中颂扬了战绩和哥舒翰如何指挥有方，不无过誉之处。

遥传副丞相①，昨夜破西蕃②。作气群山动，扬军大旆翻。奇兵邀转战，连弩绝归奔。泉喷诸戎血，风驱死虏魂。头飞攒万戟，面缚聚辕门。鬼哭黄埃暮，天愁白日昏。石城与岩险③，铁骑皆云屯。长策一言决，高踪百代存。威棱慑沙漠，忠义感乾坤。老将黯无色，儒生安敢论！解围凭庙算④，止杀报君恩⑤。唯有关河眇，苍茫空树墩⑥。

【翻译】

远方传来副丞相的消息，
昨天大破西蕃。
作气群山震动，
扬威大旗飘翻。

---

① 副丞相：指哥舒翰。哥舒翰于天宝八载攻拔石堡城后加摄御史大夫。御史大夫在汉代称为副丞相。 ② 西蕃：即吐蕃。 ③ 石城：即石堡城，在今青海西宁西南。唐时地接吐蕃，曾为吐蕃占领。与：如同。 ④ 庙算：朝廷定出的谋略。《孙子·计》："夫未战而庙算胜者，得算多也。未战而庙算不胜者得算少也。"杜牧注："庙算者，计算于庙堂之上也。" ⑤ 止杀：制止战争。《商君书·画策》："以杀去杀，虽杀可也"，"以战去战，虽战可也。" ⑥ 树墩：即树墩城。原为吐谷浑旧都，唐时为吐蕃地。天宝九载(750)王难得击吐蕃，拔此城。故地在今青海西宁西北。

奇兵邀击转战，
连弩断绝归奔。
泉水涌注着戎人的血，
大风驱赶着死寇的魂。
人头攒在万戟，
俘虏缚在辕门。
黄埃日暮可以听到鬼哭，
天色惨愁白日也昏昏。
石堡城像山岩般险峻，
铁骑多如云屯。
计策高明一言便决，
功勋卓著百代长存。
神威慑服沙漠，
忠义感动乾坤。
老将黯然失色，
儒生哪敢议论。
解围凭仗庙算，
止杀报答君恩。
如今见到的是关河眇远，
苍茫中屹立着空树墩。

九曲词(三首选其二、其三)

九曲词三首以组诗形式颂扬了哥舒翰的收复九曲之功，主要写了此后边患不存、边民得以安居乐业的和平景象和欢乐气氛。这里选译的第二首写了一个盛大而热烈的军民欢庆场面。选译的第三首则写出了收复九曲的政治意义和历史意义。

其　二

万骑争歌《杨柳》春①，千场对舞绣骐骥②。
到处尽逢欢洽事，相看总是太平人。

【翻译】

万骑争唱着《杨柳》春，
千场对舞着绣麒麟。
到处尽遇到欢乐和洽的事情，
彼此相看都是无忧无虑的太平人。

其　三

铁骑横行铁岭头③，西看逻逤取封侯④。

---

①《杨柳》春：《杨柳》，即《杨柳枝》，唐人根据横吹曲辞《折杨柳》翻制的新歌。春，指歌曲中唱出的春意。 ② 骐骥：即麒麟，神话中的吉祥之兽。此指披戴着麒麟形状的道具舞蹈，类似于今日的狮子舞。 ③ 铁岭：不详所在。可能是西部边塞的一座山名，也可能是泛指险峻的山岭。 ④ 逻逤：唐时吐蕃都城，即今西藏拉萨。亦称"罗娑"、"乐些"，均为译音。封侯：收复九曲后，哥舒翰进封凉国公，不久又进封西平郡王。

青海只今将饮马①，黄河不用更防秋②。

【翻译】

铁骑横行在铁岭头，
往西看着逻逤想封侯。
青海如今将饮马，
黄河不用再防秋。

① 青海：即今青海省的青海湖。 ② 防秋：唐时河陇之地每至秋天吐蕃常常入侵掠夺，朝廷每年都要加意防守，谓之防秋。

塞下曲

《塞下曲》、《塞上曲》是由汉乐府横吹曲《出塞》、《入塞》旧题衍化出来的新乐府杂题，唐人多用以泛写边塞之事。此诗非为某一具体战事而发，而是高度概括了一个青年从马背上夺取功名的艰苦路程，并以皓首穷经的文士作反衬，抒发了自己决心在边塞上建功立业的勃勃雄心。

结束浮云骏①，翩翩出从戎。且凭王子怒②，复倚将

---

① 结束：装束，如加鞍辔之类。浮云骏：轻捷的良马。

② 王子怒：指皇帝震怒，发出征讨命令。

军雄。万鼓雷殷地①，千旗火生风。日轮驻霜戈，月魄悬琱弓②。青海阵云匝③，黑山兵气冲④。战酣太白高⑤，战罢旄头空⑥。万里不惜死，一朝得成功。画图麒麟阁⑦，入朝明光宫⑧。大笑向文士：一经何足穷⑨！古人昧此道，往往成老翁。

【翻译】

装备好轻捷的骏马，

翩翩地离家从戎。

凭借天子的震怒，

再倚恃着将军的威风。

万鼓齐鸣如雷霆震地，

---

① 殷：震动。司马相如《上林赋》："车骑雷起，殷天动地。" ② 月魄：指缺月。悬：各本作"丝"，此从《全唐诗》。琱弓：刻有文采的弓。 ③ 匝：环绕。元结《招陶别驾家阳华作》："清渠匝厅堂。" ④ 黑山：即杀虎山，在今内蒙呼和浩特市东南百里。冲：冲击。 ⑤ 太白：星名，即金星，又名启明星。古代星相家认为此星主杀伐，如果此星高悬天空，用兵必胜。 ⑥ 旄头：一作"髦头"，星名，即昴星。《史记·天官书》："昴日髦头，胡星也。"旄头星空，暗指胡人失败。 ⑦ 麒麟阁：汉宣帝为思念功臣，于麒麟阁画霍光等十一人像，署其官爵姓名。 ⑧ 明光宫：汉宫名，汉武帝所建。 ⑨ 一经：指《五经》中的一经，西汉儒生多数只穷究一经。

千旗飘动似火焰生风。
太阳照着锋利如霜的戈矛，
月亮就像悬在天上的雕弓。
青海上阵云重，
黑山前兵气冲。
战酣太白星高照，
战罢旄头星成空。
万里不惜一死，
一朝会获成功。
到那时画像进入麒麟阁，
朝见天子来到明光宫。
禁不住要向文士们大笑，
一部经书哪值得去穷。
古人不懂得这个道理，
往往未成一事就成了老翁。

同鲜于洛阳于毕员外宅观画马歌

肃宗乾元元年五月至第二年五月，高适任太子詹事，在洛阳。鲜于洛阳即鲜于叔明，时任洛阳令。鲜于叔明在姓毕的员外郎家中见到了一幅神妙的壁画，赏爱不已，于是写了一首《观画马歌》，高适见了就和了这一首。它描写画中马不从正面着笔，而从侧面烘托，诸如满堂风飘、家僮欲鞭、枥马屡顾等，写出其生动的形貌神态。

知君爱鸣琴，仍好千里马。

永日恒思单父中①，有时心到宛城下②。

遇客丹青天下才③，白生胡雏控龙媒④。

主人娱宾画障开，只言骐骥西极来⑤。

半壁骖驔势不住⑥，满堂风飘飒然度。

家僮愕视欲先鞭，枥马惊嘶还屡顾。

始知物妙皆可怜，燕昭市骏岂徒然⑦。

纵令剪拂无所用⑧，犹胜驽骀在眼前⑨。

【翻译】

我知道您爱玩鸣琴，

还知道您好千里马。

---

① 单父：古地名，春秋时鲁邑，在今山东省单县南。传说孔子弟子宓子贱为单父邑宰时，每日在堂上弹琴，却把单父治理得很好。 ② 宛城：指大宛的都城。大宛，汉代西域国名，在今中亚费尔干纳盆地，盛产名马。 ③ 丹青：原指绘画颜料丹砂与青雘，后直指绘画。 ④ 白生胡雏：脸皮白净无髭须的胡地少年。龙媒：《汉书·礼乐志》："天马徕，龙之媒。"说天马可以引来神龙，故称骏马为龙媒。 ⑤ 骐骥：良马。西极：极西之地。 ⑥ 骖驔（cān tán 参潭）：众马驰逐奔腾的样子。 ⑦"燕昭"句：燕昭王的贤士郭隗用五百金买骏马之骨引得有千里马的人争着投献的故事，劝说燕昭王招贤纳士，燕昭王依法而行，果然群贤毕至。 ⑧ 剪拂：清洗拂试。 ⑨ 驽骀：驽与骀均指劣马。

终日里想着单父中，
有时候也心飞宛城下。
遇上一位名满天下的丹青高才，
画了一幅胡儿在控龙媒。
为娱宾客主人将画障打开，
真好似骐骥从西极奔来。
半壁奔腾势不住，
满堂里仿佛风飘飒然度。
家僮看了大为惊愕想先下鞭子，
槽枥中的马惊叫不已还频频回顾。
这使我懂得世上的妙物都很可爱，
燕昭王购买骏马骨岂是徒然。
画中的马纵使洗涤拂试无所用，
还胜真的劣马站立在眼前。

赴彭州山行之作

肃宗乾元二年(759)高适出任彭州刺史，五月间从长安赴任。从长安至蜀中，沿途都是崇山峻岭，此诗即为山行纪实之作。可能是受当时重内官轻外官的影响，高适对出任彭州刺史是不大愿意的，所以诗中表现出厌机巧、思归隐的情绪。

峭壁连崆峒①，攒峰叠翠微②。
鸟声堪驻马，林色可忘机。

---

① 崆峒：大山名，在四川平武西，山谷深险，与甘肃平凉的崆峒山相似，故名。 ② 攒峰：密集、簇拥的山峰。

怪石时侵径，轻萝乍拂衣。
路长愁作客，年老更思归。
且悦岩峦胜①，宁嗟意绪违②。
山行应未尽，谁与玩芳菲③？

【翻译】

悬崖峭壁连接着的是崆峒，
簇聚的山峰上堆着翠微。
鸟声婉转值得驻马，
树色悦目可以忘机。
怪石嶙峋时时侵占道路，
女萝飘荡恰好拂拭襟衣。
道路漫长愁于作客，
上了年纪更是思归。
幸喜能看到岩峦胜景，
还叹息什么意绪相违。
山路是那么无穷无尽，
谁与我一同赏玩芳菲。

---

① 岩峦：高峻的山峰。 ② 意绪违：指赴任彭州刺史有违自己的意愿。 ③ 芳菲：花草的芳香，亦代指花草。

人日寄杜二拾遗

高适和杜甫在开元末年就相识，共同的命运使他们成了意气相投的朋友。安史之乱爆发以后，高适于乾元二年(759)出刺彭州旋改刺蜀州，同年年底杜甫也流落到了成都。他乡遇故知，他们自然高兴，除见面叙旧外，更常寄诗问慰。此诗就是上元二年(761)人日高适于蜀州刺史任内写寄给杜甫的。当时叛乱未平，干戈未息，难免使诗人百感丛生，所以诗中除了表述深沉的怀友思乡之情以外，更有着对自身遭遇的慨叹和对国家前途的担忧。这是高适的晚年诗作中少有的动人篇章，杜甫多年后重读此诗，仍不免“泪洒行间，读终篇目”(《追酬高蜀州人日见寄并序》)。

人日题诗寄草堂①,遥怜故人思故乡。
柳条弄色不忍见,梅花满枝空断肠。
身在南蕃无所预②,心怀百忧复千虑。
今年人日空相忆,明年人日知何处。
一卧东山三十春③,岂知书剑老风尘④。
龙钟还忝二千石⑤,愧尔东南西北人。

【翻译】

我在人日写诗寄往你的草堂,
遥想老朋友定然在思念着故乡。
杨柳着绿,不忍去看,

---

① 人日:农历正月初七。《荆楚岁时记》载:正月七日为人日,以七种菜为羹,剪彩为人,登高赋诗。草堂:杜甫于上元元年(760)在成都浣花溪畔建成一草堂。 ② 南蕃:南方的偏远地区。 ③ 东山:东晋谢安曾高卧东山(今浙江上虞西南),不愿出来做官。这里作者以谢安自比。三十春:高适二十岁到长安谋出路,四十九岁中第授官,恰好三十年。 ④ 书剑:古代士人随身携带之物,书以习文,剑以练武,以求文武双全。风尘:指宦途奔波。 ⑤ 龙钟:衰朽老迈的样子。忝:谦辞,自己感到惭愧。二千石:汉朝郡守的官俸为二千石,后多以"二千石"代指郡守、刺史和知府等官。

梅花满树，牵动愁肠。
我身在南蕃朝政哪能参预，
心中泛起百种忧愁千种思虑。
今年的人日还在此想念朋友，
明年的人日又岂知身在何处？
我曾一卧东山三十春，
又岂料执书仗剑老于宦途风尘。
我老态龙钟还忝居刺史之位，
怎能不愧对你这个四处漂泊之人。

送田少府贬苍梧

此诗写作年代难以确定，这个远贬苍梧的田少府也不知何许人。苍梧，县名，唐时属梧州，今属广西。高适的送别诗，以善于劝勉，使朋友愉快地踏上征途为其特色。此诗的慰勉之情尤为深挚。首先对朋友的遭贬表示了深刻的同情，有言语，有情态；继之以体贴入微地开导劝慰；最后予以鼓励。如此周备沉挚，看来只有久处穷困、洞察人情世态的高适才能写得出来。

沉吟对迁客①，惆怅西南天。

昔为一官未得意，今向万里令人怜。

念兹斗酒成暌间②，停舟叹君日将晏。

远树应连北地春③，行人却羡南归雁。

丈夫穷达未可知，看君不合长数奇④。

江山到处可乘兴，杨柳青青那足悲！

【翻译】

沉吟对着迁客，

惆怅在西南天。

过去为求一官未能得意，

今日贬向万里更叫人生怜。

想到这一斗酒喝尽就在离散间，

停船相叹日色也将晏。

远树应连着北地的春色，

行人都羡慕南归的飞雁。

大丈夫的穷通谁也说不定，

① 迁客：贬谪到外地的官员。 ② 暌：分别、离散。 ③ 远树：远方的树，代指迁客的贬所，此指苍梧。 ④ 数奇（jī 机）：不走运的意思。

看上去您不会长久数奇。
江山到处可以乘兴，
杨柳青青哪值得伤悲。

送李少府

此诗写于北方的冬天，但很难确定写作年代。相逢于异地的旅馆，相别于大雪初晴之时，自然要痛饮一番。客人舍不得离开，主人发话了：酒已尽，人未醉，该启程了；可是“薄暮途遥”又不宜上路。那究竟是走还是不走呢？这一问把朋友之间的欲别不忍，欲留不得的真挚情谊表露无遗。

相逢旅馆意多违①，暮雪初晴候雁飞②。

① 意多违：多有违背意愿的事。 ② 候雁：雁于冬季南飞，夏初北归，往来定时，故称候雁。

主人酒尽君未醉，薄暮途遥归不归？

【翻译】

旅馆里相逢可不得意，

暮雪初晴候雁在向南飞。

主人的酒已喝尽您仍没有醉，

天已晚路又远归还是不归？

除 夜 作

这是一首除夕之夜思念家人的诗，写的是眼前景，用的是口边语，却耐人寻味，向来为人称道。成功的原因有二：一是乡关之思的发生与深化写得极为自然，首句点明他独在异乡，思家难免，次句自问此时何以尤甚，后二句和盘托出地说明原因，结构谨严，意态圆足。二是后二句不直说自己思念亲人，反说亲人在思念自己，表情更为曲折、委婉，余味无穷。此诗的写作时间很难确定，从“思千里”与“霜鬓”等字眼看来，不会是早年所作。

旅馆寒灯独不眠，客心何事转凄然？

故乡今夜思千里，霜鬓明朝又一年。

【翻译】

旅馆里寒灯下一个人难以入眠，
客子之心为什么变得如此凄然？
故乡的亲人今夜正念叨我在千里之外，
鬓白如霜明天早晨又是一年。

岑参诗选译

南溪别业

岑参自十五岁以后移居嵩山少室。少室为嵩山西峰，山中有溪水流出，东合颍水，名曰南溪。岑参的别墅就建在南溪边。诗中对其别墅的依山傍水、花树交错的优美环境作了生动描绘，也写出了自己无忧无虑、逍遥自得的隐居生活与心情。

结宇依青嶂①，开轩对翠畴。
树交花两色，溪合水重流②。

① 结宇：构筑屋宇。嶂：似屏障的山峰。 ②“溪合”句：指南溪水向东汇合颍水。

竹径春来扫①，兰樽夜不收。

逍遥自得意，鼓腹醉中游②。

【翻译】

傍着青峰建起了我的别业，

开着窗户望见翠绿的田畴。

树木交错花开两色，

南溪汇合颍水一并东流。

竹径春来打扫，

酒樽到夜不收。

逍遥自在得意，

饭饱后再往醉中优游。

① “竹径”句：化用蒋诩于院中竹下辟三径唯延故友事，参见下一首“蒋生”注。 ② 鼓腹：吃得饱饱的。

自潘陵尖还少室居止秋夕凭眺

此诗也为早年隐居少室山时所作。诗题中的“少室居止”，即为在少室山的住所，也就是诗中所说的草堂。潘陵尖为少室山附近的一个地方。有一次作者自该地回至住所，已是傍晚，情绪尚佳，乃凭栏远眺，触景生情，写下此诗以抒感兴。诗情仍不离描述隐居环境之宜人，隐居情趣之高雅，隐居生活之符合本心。然而愈是如此表明其隐居情怀，反而使人觉得其不甘隐居，这些不过是他进身无由的自释自解而已，真的隐士是不怎么急于表明其志趣的。然而它所描绘的优美、宁静的嵩山夜色却也令人向往。“心淡水木会，兴幽鱼鸟通”，对仗工巧，情景融和，幽趣横生，自是佳句。

草堂近少室，夜静闻风松。月出潘陵尖，照见十六峰。九月山叶赤，溪云淡秋容。火点伊阳村①，烟深嵩角钟②。尚子不可见③，蒋生难再逢④。胜惬只自知，佳趣为谁浓。昨诣山僧期，上到天坛东⑤。向下望雷雨，云间见回龙。久与人群疏，转爱丘壑中。心淡水木会，兴幽鱼鸟通。稀微了自释，出处乃不同⑥。况本无宦情，誓将依道风。

【翻译】

草堂接近少室，

夜静，可听到风在吹松。

---

① 伊阳：唐县名，在今伊川县南，与嵩山接邻。 ② 嵩角：指嵩山的尖峰。 ③ 尚子：指尚长（又作向长），字子平，东汉隐士。子女婚嫁已毕，即出游名山大川，不知所终。 ④ 蒋生：指蒋诩，字元卿。汉哀帝时任兖州刺史，廉直有名声。王莽代汉后，托病辞归，足不出户，于院中竹下辟三径，唯与羊仲、求仲往来。 ⑤ 天坛：指天坛山，在河南济源，即王屋山绝顶，传说为轩辕祈天之所，故名。山有二峰，东曰日精峰，西曰月华峰。唐为道教圣地，说道士司马承祯于此得道，这当然是附会之谈。 ⑥ 出处：出官与居家，犹言进退。《易·系辞上》："君子之道，或出或处。"后多指立身行事。

月亮从潘陵尖露出面容，
照出了少室的十六峰。
九月的山中树叶已经变红，
溪上的云朵淡淡地衬出秋容。
伊阳村落的灯火点点，
嵩山角上烟深鸣钟。
尚子平已不可见，
蒋元卿难再相逢。
隐居的惬意只有自己能领略，
那幽情佳趣能为谁浓。
昨日曾赴约与山僧相会，
一直登上天坛山之东。
向下可以望到打雷下雨，
乌云中电光闪闪好似翻滚的游龙。
我久已与人群疏远，
转而爱上了这深山幽谷之中。
心情淡泊与林泉为伴，
意兴幽静与鱼鸟相通。
细微的尘世之念都已自行排除，
出处行藏就与众人不同。
况且本来就没有做官的意思，
暂将归依那清静无为之风。

还东山洛上作

这是岑参的早年之作，大约写于二十岁至三十岁之间。那时他隐居于嵩山的少室，但经常往返于长安、洛阳之间以谋出路。此诗就作于一次沿洛水东归的船上。诗题中的“东山”是借东晋谢安的隐居地代指自己的隐居地。岑参的少年隐居，不同于一般的辞官归隐，他隐居之地实际上就是他读书、交友、找出路的活动基地，同时也是受到挫折后的反省舐伤之所。从此诗的内容看来，他此次外出，也是碰了壁的，所以愁绪满怀，急于回到属于他个人的小天地中。诗中所描绘的洛水上的明丽景色，对他的这种心绪起到了很好的反衬作用。

春流急不浅，归枻去何迟①！
愁容叶舟里，夕阳花水时②。
云晴开䗖蝀③，棹发起鸬鹚④。
莫道东山远，衡门在梦思⑤。

【翻译】

春天的水流既急且不浅，
归去的船为什么走得这样迟缓？
愁客在一叶扁舟里面，
夕阳斜照着岸花流水之时。
雨停云散，现起彩虹，
摇动船桨，惊起鸬鹚。
别说我栖身的东山太远，
衡门总萦绕我的梦思。

---

① 枻(yì 易)：桨，这里代指船。 ② 花水：指岸边的花、河中的水。 ③ 䗖蝀(dì dōng 地东)：彩虹。 ④ 棹(zhào 赵)：桨一类划船工具。鸬鹚：一种捕鱼为食的水鸟，俗称鱼鹰，渔人常用以捕鱼。 ⑤ 衡门：横木为门，指简陋的居室，此指作者隐居之所。衡，通“横”。

东归晚次潼关怀古

此诗亦为隐居嵩阳，而经常出入长安时所作。潼关地处交通要冲，进入关中正道所经，形势险要，是历代兵家必争之地。岑参留宿产生怀古之情，写下此诗。眼下见到的是千秋万载流不尽的滔滔黄河，心中想到的是曾经活动在这里的历史人物和发生在这里的著名事件，虽然没有作太多的联系和发挥，但仍表现出一种悲凉、沉重的气氛和效果。

暮春别乡树，晚景低津楼①。
伯夷在首阳②，欲往无轻舟。
遂登关城望，下见洪河流。
自从巨灵开③，流尽千万秋。
行行潘生赋④，赫赫曹公谋⑤。
川上多往事，凄凉满空洲。

【翻译】

暮春时满眼是异乡的草木，
晚景中看到那渡津的关楼。
伯夷曾住过的首阳山，
想去瞻仰却没有过河的轻舟。
于是登上了潼关城头眺望，

---

① 津楼：渡口的关楼。此指与潼关隔河相望的风陵渡的关楼。 ②“伯夷”句：伯夷，商朝末年孤竹君之子，周武王兴兵伐纣，他扣马劝阻。周灭商后，隐居首阳山，不食周粟，采薇而食，终于饿死。首阳：指雷首山，在今山西永济南，与潼关隔河相望。 ③ 巨灵：河神名，神话说华山、首阳本为一山，挡住河水去路，经河神巨灵分开，河水才得通过。 ④“行行”句：西晋作家潘岳曾写有《西征赋》，记下了自己经过潼关时流连徘徊的心情。行行：徘徊不进的样子。 ⑤“赫赫”句：曹操曾于建安十六年(211)于潼关大破关中叛将马超、韩遂。赫赫：指战绩辉煌。

俯看着黄河滔滔奔流。
自从巨灵把大山分开，
这里流尽了万载千秋。
行行潘生于此作名赋，
赫赫曹公于此显奇谋。
大河上经历了多少往事，
如今只见一片凄凉笼盖着空空的河洲。

夜过磐豆隔河望永乐寄闺中效齐梁体

此诗当作于早年往来于长安、洛阳期间。当他晚间经过磐豆城即今河南灵宝西盘豆镇时，望见黄河北岸永乐镇的万家灯火，不禁思念起新婚的妻子，写下此诗寄往家中。由于诗中只单纯地写夫妻私情，怕人说他浅薄，便特别标明“效齐梁体”。齐梁体指的是南朝齐梁时代专写男女相思相爱的艳丽诗歌。

盈盈一水隔①，寂寂二更初。

① 盈盈：水清澈的样子。

波上思罗袜[①]，鱼边忆素书[②]。

月如眉已画，云似鬓新梳。

春物知人意，桃花笑索居。

【翻译】

盈盈一水之隔，

寂寂二更方初。

看着水波就想到你的罗袜，

看着鱼儿便记起寄的素书。

明月好像你的眉已画，

云彩恰似你的鬓刚梳。

春天的景物也能通解人意，

盛开的桃花会笑分离独居。

---

① “波上”句：借曹植《洛神赋》的话表示对妻子的思念。《洛神赋》有：“体迅飞凫，飘忽若神，凌波微步，罗袜生尘。”

② “鱼边”句：素书，写在白绢上的书信，古代有鲤鱼传书的说法。乐府诗《饮马长城窟行》：“客从远方来，遗我双鲤鱼。呼儿烹鲤鱼，中有尺素书。”

函谷关歌送刘评事使关西

据诗中“圣朝无事不须关”看，此诗应作于安史之乱以前。所送的刘评事，名不详。评事为大理寺属官，掌出使推勘案情。此次出使关西，大概与岑参在函谷关相遇，分手时，岑即写诗相送。诗名《函谷关歌》，自然以咏函谷关为中心。函谷关为千古雄关，因在和平时期显示不了它的重要性，以致破烂不堪。从昔日雄关的破败而想到自身的怀才不遇，所以有“吾知郭丹却不如”的感叹，有“请君时忆关外客”的希求。如此，诗中的歌函谷与送友人有着共同的基调，低沉伤感，但不绝望。失意之人写这种怀古兼送友的诗往往会有这种格调。

君不见函谷关[①]，崩城毁壁至今在。
树根草蔓遮古道，空谷千年长不改。
寂寞无人空旧山，圣朝无事不须关。
白马公孙何处去[②]，青牛老子更不还[③]。
苍苔白骨空满地，月与古时长相似。
野花不省见行人，山鸟何曾识关吏。
故人方乘使者车，吾知郭丹却不如[④]。
请君时忆关外客，行到关西多致书。

【翻译】

您没看到那深险的函谷关，
崩了的关城塌了的壁垒至今在。
树根和草蔓已经遮住了古道，
空空的狭谷千年没有更改。

---

① 函谷关：古关名，在今河南灵宝东北。自崤山至潼津有一条长长的山谷，深险如函，故称函谷，关设其中。此地易守难攻，历来为兵家必争之地。 ② 白马公孙：相传战国时代名家学派领袖公孙龙，有一次骑白马过函谷关，关吏不让过，说此关不许过马，他回答说："白马不是马。" ③ 青牛老子：相传老子曾骑着青牛过函谷关，为关令尹喜著《道德经》上下篇五千言而去，后不知所终。 ④ 郭丹：东汉南阳人，曾买符入函谷关，慨然叹曰："丹不乘使者车，终不出关。"后为谏议大夫，持节使归南阳，果然乘使者车出关。

寂寞无人空空的一座旧山，
圣朝无事用不上此关。
骑着白马的公孙龙不知何处去，
乘着青牛的老子不再见归还。
白的枯骨青的苔藓空满地，
天上的月亮与古时长相似。
野花不曾看到行人，
山鸟何曾识得关吏。
老朋友才坐上了使者车，
我自知比郭丹都不如。
请您时常忆着我这个关外客，
到了关西多多寄书。

邯郸客舍歌

此诗为早年从长安漫游河朔，由古邺城抵达邯郸时所作。邯郸为战国时赵国的都城，唐时只是普普通通的一个县，这一历史跨度自然要触动多才善思的青年士子的敏感神经，于是写下了这一首纪行兼怀古的诗。丛台荒芜，表明历史的无情，不免使他伤心；客舍的优美景色又使他欣慰；邯郸姑娘的大方、爽直，尚保存一点燕赵儿女的豪爽之气，又教他留恋不已。这几种复杂的感受，一时难以融和，只好借着酒力去消解，于是就有"一曲狂歌垆上眠"的举动，由此也就使这首诗带有浓厚的浪漫色彩。

客从长安来，驱马邯郸道。伤心丛台下①，一旦生蔓草②。客舍门临漳水边，垂杨下系钓鱼船。邯郸女儿夜沽酒，对客挑灯夸数钱。酩酊醉时月正午③，一曲狂歌垆上眠④。

【翻译】

我这个游客从长安来，
策马走上了邯郸道。
令人伤心的是在那丛台之下，
一旦长满了丛生的蔓草。
客舍的大门向着漳水边，
垂杨下系着钓鱼船。
邯郸的姑娘晚上也卖酒，
挑亮灯光对着客人大数钱。
我喝得酩酊大醉已是月上中天，
狂歌一曲就在酒垆上酣眠。

---

① 丛台：邯郸的著名台观之一，为一片建筑群，战国时赵王所筑，东汉时犹存。 ② 一旦：《全唐诗》作“一带”，当从。 ③ 月正午：月上中天，如日之正午。 ④ 垆：酒垆，酒家陈列酒瓮的土台子。

暮秋山行

这首诗只是写暮秋山行的具体景色和感受，没有任何地域和年代的标志，很难确定其写作时间，所写的内容与所表达的感情就带有一定的概括性和普遍性。它写出一个为自己的前程在外奔波的知识分子暮秋时节在山路上行走的索寞情怀。疲马夕阳，山风凉天，杜鹃啼叫，香草凋零，都会使行旅之人产生凄凉之感，何况是正在与命运抗争而客行在外的士人呢。这种心情不是岑参所独有的，封建社会一切失意的知识分子都可能产生。由于它所写之景极为幽致，所抒之情极为含蓄而独具特色。

疲马卧长坂①，夕阳下通津②。
山风吹空林，飒飒如有人。
苍旻霁凉雨③，石路无飞尘。
千念集暮节，万籁悲萧辰④。
鶗鴂昨夜鸣⑤，蕙草色已陈⑥。
况在远行客，自然多苦辛。

【翻译】

疲马卧在长坂，
残阳落下渡津。
山风吹着空空的树林，
飒飒作响好像有人。
天空的凉雨刚刚停，
石路上没有一丝飞尘。
暮秋时节令人百感交集，
萧瑟的大自然啊处处在悲吟。
昨夜里听到杜鹃的哀鸣，

① 坂：山坡。 ② 通津：畅通的渡口。 ③ 苍旻(mín 民)：苍天。 ④ 万籁：自然界的一切声响。萧辰：萧瑟的时光。⑤ 鶗鴂(tí jué 题决)：即杜鹃。古人认为杜鹃秋鸣，草木开始凋零。 ⑥ 蕙草：一种香草，初秋开花。色已陈：指花已凋落。

蕙草也已经枯黄凋零。
何况我这个远行的客子，
自然有着更多的苦辛。

送王大昌龄赴江宁

王昌龄是盛唐时代的著名诗人，年岁比岑参稍大，出身清寒，久于贫贱。在做了几任低级官员后，获罪贬岭南，开元二十八年(740)回到长安，同年冬天被任命为江宁县丞。江宁当时属润州，在今江苏南京市。王赴任时岑置酒并作此诗送别。诗中对王昌龄表示了深切的同情和多方面的安慰。先是对王的被贬深抱不平，其次叙及曾家住江南，以减轻朋友对贬地的陌生感。再叙他们贫贱之交的真挚友情，劝他放眼风物以释愁怀。最后以潜龙、黄鹄为喻劝慰他珍重自爱，鼓励他积极奋起，不能不说是委曲周备，情真意厚。

对酒寂不语，怅然悲送君；明时未得用，白首徒攻文。泽国从一官①，沧波几千里；群公满天阙②，独去过淮水。旧家富春渚③，尝忆卧江楼；自闻君欲行，频望南徐州④。穷巷独闭门，寒灯静深屋；北风吹微雪，抱被肯同宿。君行到京口，正是桃花时；舟中饶孤兴，湖上多新诗。潜虬且深蟠⑤，黄鹤飞未晚⑥；惜君青云器⑦，努力加餐饭！

【翻译】

面对着酒杯沉默不语，

今日里满怀愁绪为您送行。

---

① 泽国：水乡。从：就。 ② 天阙：指朝廷。 ③“旧家”句：岑参的父亲岑植曾任衢州司仓参军。衢州临信安江，为浙江之一源。富春江为浙江之一段，因其风景优美而闻名。此即以富春江代指浙江。 ④ 南徐州：六朝时候南北分裂，南方诸朝遇有州、郡沦入北方敌手，往往暂借南方某地重置，仍用旧名，谓之侨置。东晋南渡，在京口（今江苏镇江）侨置徐州，后即称南徐州。 ⑤ 潜虬：潜伏潭底的虬龙。虬龙，古代传说中有角的龙。《周易》中有“潜龙勿用”的话。唐孔颖达解释为：“言于此潜龙之时，小人道盛，圣人虽有龙德，于此时唯宜潜藏勿可施用。” ⑥ 黄鹤：即指黄鹄。古代“黄鹤”、“黄鹄”往往混用。黄鹄，即天鹅，形如鹤，色苍黄，善飞，一举千里。 ⑦ 青云器：指高才博识，抱负不凡。

圣明的时代得不到重用，
徒然皓首攻文。
到江南水乡去当个小官，
风波经历几千里。
诸公挤满了朝廷，
只有你一人在渡过淮水。
我家曾住在富春的江渚，
常常回忆起那临江的高楼。
自从听说您要前去，
叫我频频望着那南徐州。
独居僻巷紧闭着门，
夜晚寒灯，静照着深屋。
北风吹起微雪，
抱着被子愿意同住宿。
您这一路走到京口，
正是桃花盛开之时。
舟中自会大发感兴，
湖上定能多写新诗。
虬龙且要深潜屈蟠，
黄鹄高飞也不论早晚。
请爱惜您青云之器，
努力添加餐饭。

醉题匡城周少府厅壁

此为天宝元年(742)八月岑参自长安东行至匡城时所作。唐时匡城县在今河南长垣西南。匡城一位姓周的县尉与他有旧,在一次酒醉后,被秋风秋雨勾起他的乡愁,于是就在这位县尉办公的厅事墙壁上写下了这首诗。诗中虽然写的是秋日的景物,游子的乡情,故人的殷勤,却始终掩饰不了内心的悒郁不得志的苦闷。

妇姑城南风雨秋①,妇姑城中人独愁。

① 妇姑城:即匡城。

愁云遮却望乡处，数日不上西南楼①。

故人薄暮公事闲，玉壶美酒琥珀殷②。

颍阳秋草今黄尽③，醉卧君家犹未还。

【翻译】

妇姑城南是秋风秋雨深秋，

妇姑城里有人独自生愁。

愁云遮没了望乡之处，

多日未到西南高楼。

老朋友薄暮时分公事闲，

玉壶盛着美酒琥珀殷。

颍阳的秋草如今黄尽，

醉倒在您家未能把家还。

---

① 西南楼：匡城在颍阳的东北，只能在朝西南方向的楼上才能望到。 ② 琥珀殷（yān 胭）：色如琥珀那么殷红。琥珀，由松柏树脂形成的珍贵化石，色泽暗红透明。殷，带黑的红色。 ③ 颍阳：即今河南登封西南的颍阳镇，唐时曾置县，这里指他在嵩阳的隐居地。

秋夜宿仙游寺南凉堂呈谦道人

此诗大约作于天宝三载(744)出仕前隐居终南山时。仙游寺为唐代著名佛寺,地处陕西周至县境内。谦道人,即为该寺名为谦的和尚。这是首纪游诗,它的大部分篇幅用于写景,首先写仙游寺的环境,烘托出它的超凡脱俗,然后着重写在夜宿南凉堂时所见所闻。所唱的皈依佛门等高调自是当时的一种时髦话头。

太乙连太白[①],两山知几重。路盘石门窄,匹马行才

① 太乙:即终南山。太白:即太白山,在今陕西眉县南。

通。日西到山寺，林下逢支公①。昨夜山北时，星星闻此钟②。秦女去已久③，仙台在中峰。箫声不可闻，此地留遗踪。石潭积黛色④，每岁投金龙⑤。乱流争迅湍，喷薄如雷风。夜来闻清磬，月出苍山空。空山满清光，水树相玲珑。回廊映密竹，秋殿隐深松。灯影落前溪，夜宿水声中。爱此林峦好，结宇向溪东。相识唯山僧，邻家一钓翁。林晚栗初拆，枝寒梨已红。物幽兴易惬，事胜趣弥浓。愿谢区中缘⑥，永依金人宫⑦。寄报乘辇客⑧，簪裾尔何容⑨！

【翻译】

太乙连着太白，

---

① 支公：东晋有高僧支遁，后常以支公尊称僧人，此处指谦道人。 ② 星星：点滴，微弱。 ③ 秦女：指秦穆公之女弄玉。传说萧史善吹箫，秦穆公即以女儿弄玉嫁给他。萧史教弄玉吹箫，学凤鸣，引来凤凰，穆公为此造了一座凤台。后来弄玉乘凤，萧史乘龙，共同升天而去。下句的“仙台”即指凤台，相传故址在太白山中。 ④ 石潭：指仙游潭，距仙游寺不远，其水深黑，故又名黑水潭。 ⑤ 投金龙：传说仙游潭中有神龙，如遇天旱，朝廷则遣人前往祭祀求雨，向潭中投入铜龙。 ⑥ 谢：辞谢。区中缘：尘世的种种关系。 ⑦ 金人宫：即佛寺。金人，指佛。 ⑧ 乘辇客：指朝廷官员。 ⑨ 簪裾：簪着冠戴，曳着长裾，均为朝廷官员的服饰。

两山之间不知又有山几重。
山路盘曲石门狭窄，
匹马才可走通。
太阳偏西来到山寺，
林下遇到了支公。
昨夜还在山北的时候，
隐隐约约就听到了寺里的晚钟。
秦女离开这里已经很久，
仙台却仍然在中峰。
箫声无法再听到，
此地只留下遗踪。
石潭积水水深黑，
每年要投入金龙。
乱流争着冲击，
喷薄有如雷风。
夜来听到清磬，
日出苍山空空。
空山之上洒满清光，
流水树木相形玲珑。
回廊掩映着密竹，
秋殿隐藏于深松。
灯影照到了寺前的流水，

夜晚就宿在水声之中。
喜爱这里的山峦林泉美好，
愿意建座庐舍在溪东。
相知交往唯有山僧，
邻居还有一位钓翁。
晚秋时节栗实刚刚拆裂，
枝头寒冷梨子也已透红。
景物幽静自易惬意，
事事佳胜趣味更浓。
希望能了却人世的尘缘，
永依金人之宫。
寄语那在朝做官的人们，
簪冠曳裾你们的身心怎能相容！

初授官题高冠草堂

天宝三载(744)岑参举进士，授官右内率府兵曹参军，此诗即为辞别终南山隐居地高冠谷而作。看来岑参对其初授官职不那么感兴趣，流露了一种矛盾心情。从官职的卑微来说，本不屑为之；可是为生活所迫，却不敢以此为耻。所以赴官时对原来的隐居地表现出依依不舍的深情。

三十始一命①，宦情都欲阑②。

① 一命：最低的官职。周代的官秩分九命，一命最低。岑参初授右内率府兵曹参军，职位卑微。 ② 阑：尽、残。

自怜无旧业①，不敢耻微官。

涧水吞樵路②，山花醉药栏③。

只缘五斗米④，孤负一渔竿。

【翻译】

人到三十才得个一命官，

仕宦的念头快要消磨完。

自怜没有什么旧业，

不敢嫌弃微官。

涧水吞没了采樵的小路，

山花醉倚在药栏。

只因为了五斗米，

辜负了这根钓鱼竿。

① 旧业：祖传家业。 ② 涧水：指从高冠谷流过的溪水。③ 药栏：即栅栏。《资暇录》："园亭药栏，栏即药，药即栏，犹言围援也。" ④ 五斗米：指微薄的官俸。陶渊明辞去彭泽县令时曾说："我岂能为五斗米，折腰向乡里小儿！"

高冠谷口招郑鄠

此诗可能写于隐居终南山时。岑参隐居于高冠谷中，他的朋友郑鄠隐居在高冠谷口，相距不远，时相过从是情理中事。此次到谷口来招邀朋友，却不见人影。大概正因为未见人，就更留意谷口的风景和幽静的环境。“涧花然暮雨，潭树暖春云”，着实迷人；人迹罕至，鹿群常来，何其幽静。他的乐于隐居之情也就溢于言表。

谷口来相访，空斋不见君。

涧花然暮雨①，潭树暖春云②。

门径稀人迹，檐峰下鹿群。

衣裳与枕席，山霭碧氛氲③。

【翻译】

我到高冠谷口来拜访，

只见您的空屋不见人。

山涧的花在暮雨之中红艳似火，

潭边的树为春云笼罩暖意顿生。

门前的小径人迹罕到，

靠近屋檐的山峰上跑下鹿群。

屋子里的衣裳和枕席，

全被碧色的山雾弥漫浸吞。

① 涧花：山涧里的花。涧，指高冠谷水。 ② 潭树：水潭边的树。潭，指高冠谷中的石潭，名高冠潭。 ③ 山霭：山间云气。氛氲：云气弥漫的样子。

胡笳歌送颜真卿使赴河陇

颜真卿是唐代著名书法家，也善辞章，天宝七载(748)奉命出使河西、陇右，岑参在长安写此诗赠别。诗中不叙友情，也不慷慨赠言，只是把西域的特种乐器胡笳的声情大加铺写，构思不同一般。忖度其用意，大概是想用边塞的特有风物和气氛以突出朋友此次出使的不寻常，一来壮其行色，二来望其珍重。另外也说明岑参此时对边塞生活尚未亲身体验，所写的都是些想象之辞，充满了一种朦胧的新奇感。

君不闻胡笳声最悲，紫髯绿眼胡人吹①。
吹之一曲犹未了，愁煞楼兰征戍儿②。
凉秋八月萧关道③，北风吹断天山草④。
昆仑山南月欲斜⑤，胡人向月吹胡笳。
胡笳怨兮将送君，秦山遥望陇山云⑥。
边城夜夜多愁梦，向月胡笳谁喜闻！

【翻译】

您没听说胡笳之声声最悲，
紫颊毛绿眼睛的胡人最善吹。
吹它一曲没吹完，
愁煞楼兰征戍的健儿。
凉秋八月萧关道，
北风吹断了天山草。
昆仑山南月将斜，

---

① 髯：颊毛。② 楼兰：汉时西域国名，故地在今新疆若羌东北，罗布泊西。这里借以泛指西北边境。③ 萧关：古代通往西域的交通要道上的重要关隘。故址在今宁夏固原东南。④ 天山：横亘新疆中部的大山脉。⑤ 昆仑山：在新疆与西藏之间，西接帕米尔高原，东延入青海省境内。⑥ 秦山：即秦岭，亦即终南山。陇山：又名陇坻、陇坂，在今陕西陇县西北。

胡人对月吹起了胡笳。
胡笳的哀怨声中将送君行，
秦山遥望到陇山云。
边城夜夜多有愁梦，
对着月儿吹的胡笳之声谁高兴听！

初过陇山途中呈宇文判官

天宝八载冬天，岑参充任安西节度使高仙芝的掌书记赴安西，于陇山遇上了在高仙芝幕中任职的宇文判官。此人当时正随高仙芝入朝述职，他先行，先到达陇山。两个人将在一起共事，而今一个自塞外而归，一个正要出塞，自有很多话要说。此人介绍了边塞的艰苦，岑参当即表示："也知塞垣苦，岂为妻子谋。"这就是此诗的中心内容和精神，反映了岑参志在边境、为国立功的思想。在诗前所描写的日夜兼程的赶路情景，以及诗后所写月照关楼、别梦依稀的情怀，也都非常自然、真切，与中心内容融为一体。全诗铺写有序，情景交汇，是一首颇有特色的叙事诗。

一驿过一驿，驿骑如星流。平明发咸阳①，暮到陇山头。陇水不可听②，呜咽令人愁。沙尘扑马汗，雾露凝貂裘。西来谁家子③，自道新封侯④。前月发安西⑤，路上无停留。都护犹未到⑥，来时在西州⑦。十日过沙碛⑧，终朝风不休。马走碎石中，四蹄皆血流。万里奉王事⑨，一身无所求。也知塞垣苦，岂为妻子谋！山口月欲出，光照关城楼⑩。溪流与松风，静夜相飕飗⑪。别家赖归梦，山塞多离忧。与子且携手，不愁前路修。

---

① 咸阳：秦朝都城，在今陕西咸阳东北。从长安至西域首先须经过咸阳。 ② 陇水：源出陇山，东西分流。西入洮河，东入黄河。北朝乐府有歌辞云："陇头流水，鸣声呜咽。遥望秦川，肝肠断绝。"此二句即用其意。 ③ 谁家子：犹言什么人，此指宇文判官。 ④ 侯：古代五等爵位之一种，常用以封给功臣贵戚。这里泛称因功而获得官职。 ⑤ 安西：指安西节度使管区，治所在今新疆库车。 ⑥ 都护：指安西节度使高仙芝。 ⑦ 西州：唐代州名，后更名为交河郡，辖境在今新疆吐鲁番盆地一带。 ⑧ 沙碛：沙漠。 ⑨ 奉王事：为君王服务。 ⑩ 关城：指陇山下的陇关，又名大震关。 ⑪ 飕飗（sōu liú 搜留）：形容风声。

【翻译】

一驿过了又一驿，
驿马急驰如星流。
清晨才从咸阳出发，
晚上就到了陇山头。
陇水的声音不能听，
呜呜咽咽叫人发愁。
黄沙飞扬直扑马汗，
雾气露水濡湿了貂裘。
从西归来是谁家的人?
自己说新近封了侯。
上个月从安西出发，
一路上没敢停留。
都护尚未到达，
动身时他还在西州。
走了十天穿过沙碛，
整日里大风吹个不休。
马儿在碎石中奔走，
四个蹄子都鲜血直流。
远赴万里奉行王事，
一身没有什么需求。
也知道边塞生活艰苦，

岂为了妻儿图谋。
月儿从山口里露出了头，
清光照到了陇关城楼。
溪流伴着松涛，
静夜里两相应和声嗖嗖。
离家后唯靠归梦，
山塞上自多离忧。
与您且携手，
不愁前路漫修。

西过渭州见渭水思秦川

此诗作于赴安西途经渭州之时。渭州的治所在襄武即今甘肃陇西县西南，渭水从这里流过。由于思乡之情甚切，见渭水东流，即发此寄思乡泪于流水的奇想。如此，诗中虽未直接写乡愁，却比直接写还要深挚感人。

渭水东流去①，何时到雍州②。
凭添两行泪，寄向故园流③。

---

① 渭水：即渭河。源出甘肃渭源鸟鼠山，流经长安，至潼关入黄河。 ② 雍州：唐初沿旧制置雍州，治所在长安，开元元年改为京兆府。 ③ 故园：故乡。

【翻译】

渭水向东流去，
何时才能流到雍州？
请加进我这两行眼泪，
好寄向故园流。

逢入京使

此诗也是天宝八载赴安西途中所作。在离家愈来愈远、思家愈来愈切的征途上，意外地遇到一位从边塞回京述职的使者，于是想到请他捎个家信，可是马上相逢哪来的纸笔，只好捎口信。其实也没有什么要说的，只是报个平安，以免家人挂念而已。写的是平常事，用的是平常语，却道出了人人所可能有、又不是人人都能说得出的真情实感，因而特具感染力，历代传诵不衰。

故园东望路漫漫，双袖龙钟泪不干①。
马上相逢无纸笔，凭君传语报平安。

【翻译】

回头东望故园路途漫漫，
泪水揩湿了双袖仍是不干。
在马背上相逢没有纸笔，
就托您捎个口信报个平安。

---

① 龙钟：湿漉漉的样子。

经 火 山

唐时到安西必须经过火山。火山又名火焰山，在今新疆吐鲁番盆地北部。山体主要由红砂岩构成，呈赤色，远看如火焰，岑参此诗即写亲眼所见。其中当然不无夸张之词，但它真切地描写和烘托出火山的奇特山形和边疆的瑰丽风光。两用疑问语气，更平添了一层神秘色彩。

火山今始见，突兀蒲昌东①。
赤焰烧虏云②，炎氛蒸塞空。

① 蒲昌：唐县名，在今新疆鄯善。 ② 虏云：指当时西北少数民族地区上空的云。

不知阴阳炭①，何独燃此中？
我来严冬时，山下多炎风。
人马尽汗流，孰知造化功②！

【翻译】

久已听说的火山今日才见到，
它高高地矗立在蒲昌县东。
赤色的火焰烧红了胡天的云，
炎热的气流蒸腾在边塞上空。
不知道由阴阳二气构成的热能，
为什么独独燃烧在这座山中？
我在严冬时节来到这里，
山下仍是一阵阵热风。
人和马都热得汗流浃背，
谁能探究大自然的奥妙无穷？

① 阴阳炭：语出贾谊《鹏鸟赋》："且夫天地为炉兮，造化为工，阴阳为炭兮，万物为铜。"把自然界万物的生成变化比喻成金属的熔铸。阴阳炭，即指由阴阳二气结合的熔铸万物的原动力。 ② 造化：创造、化育万物者，即大自然。

宿铁关西馆

在通往安西的途中有一道铁门关，关在今新疆维吾尔自治区博斯腾湖以西、库尔勒市以北，为一长长的石峡，两崖壁立，其口有门，色如铁，形势险要。此诗写的就是寄宿在铁门关西的客舍中的感受。首写白日马行疾速，征途艰辛；次写夜宿铁门关，因地处偏远，致使心怯梦迷；后写幸有故乡月儿相随，聊慰乡情。如此将辛苦、寒冷、怯惧、慰藉等多种感受融为一体，写出了一个平日向往边塞，今日身置边塞的军人的复杂感情，真实感人。

马汗踏成泥，朝驰几万蹄。

雪中行地角，火处宿天倪①。
塞迥心常怯②，乡遥梦亦迷。
那知故园月，也到铁关西。

【翻译】

马汗淌到地上踏成泥，
一个早晨要跑上几万蹄。
大雪中奔驰到地的尽头，
灯火处寄宿在天的边际。
塞远常感胆怯，
乡遥魂梦也迷。
哪知道故乡的明月，
也来到铁关之西。

① 火处：灯火通明处，指铁关西馆。天倪：天边。倪，边际。 ② 迥（jiǒng 炯）：远。

碛　中　作

此诗为岑参天宝八载(749)赴安西途中通过沙漠时所作。诗虽短,却融汇了作者初赴边塞的新奇之感和远离家乡的思亲之情。在对大漠的荒凉和行军的艰苦所作的描绘中,也显现出一种从军豪情。情景契合,别有神韵。

走马西来欲到天,辞家见月两回圆。
今夜未知何处宿,平沙万里绝人烟①。

① 平沙:平坦广阔的沙漠。人烟:住户的炊烟,泛指有人居住的地方。

【翻译】

骑马向西走来快要到天边，
辞家以后已见到过两次月圆。
今晚还不知道到哪里去投宿，
这平沙万里不见人烟。

过　碛

这首七绝写于赴安西途经沙漠时。前二句写眼前所见，后二句写心中的感受。既赞叹这空旷无边、天地相接的沙漠奇景，又表露出身陷其中、不堪其苦的困惑心情。

黄沙碛里客行迷，四望云天直下低①。
为言地尽天还尽，行到安西更向西②。

---

① 直下低：往下低落。 ②“行到”句：此沙碛当在安西节度使治所龟兹（今新疆库车）以东，故有此说。

【翻译】

黄沙碛里客子把路迷，
四下张望只觉得云天向下低。
只说是地到此尽天也到此尽，
我走到安西却还要再向西。

碛西头送李判官入京

此为初至安西送人回京之作。李判官不详其名。自玉门关至西域沿途都有沙碛，诗中言及军中欢送，则此碛西头当指安西一带。此诗虽为送人之作，却基本上仍是写自身初至边塞的感受。首二句说不远万里来到塞外；三、四句写道路难行，乡愁难禁；五、六句写地处偏远，令人惊叹。这些都是写的自身的边塞生活，只有七、八句点明送别。这大概也是初来边庭的人处处都爱表露自己的新奇感所致。

一身从远使①，万里向安西。
汉月垂乡泪，胡沙费马蹄。
寻河愁地尽②，过碛觉天低。
送子军中饮，家书醉里题。

【翻译】

我远远跑来投靠节使，
行程万里到达安西。
汉月催人流下思乡泪，
胡沙磨损了多少马蹄。
寻找河源怕把地走尽，
通过沙碛只觉得天低。
送您回京今日在军中痛饮，
这封家信就在醉中把笔题。

---

① 从远使：指在安西都护府任职。 ② 寻河：借汉代通西域穷河源的故事表明自己到极边远的地区。《汉书·张骞传》："汉使穷河源，其山多玉石，采来，天子案古图书，名河所出山曰昆仑云。"

安西馆中思长安

这是岑参到达安西的第二年，即天宝九载(750)的作品。一年来，边塞无事，黾勉从公，得遂旧愿，只是边庭寂寞，乡愁难耐。此诗就如实地记下了这种复杂的感情。首言见到家乡来的风，令人惊喜；然后点出眼前艰苦的边塞生活，叫人发愁；再说生活单调，心情寂寞；最后写归期如梦，返家无望。如此种种，都归结到“思乡”二字，显得深婉曲折，波澜起伏。

家在日出处，朝来喜东风。

风从帝乡来①，不异家信通。
绝域地欲尽②，孤城天遂穷③。
弥年但走马④，终日随飘蓬⑤。
寂寞不得意，辛勤方在公⑥。
胡尘净古塞⑦，兵气屯边空⑧。
乡路眇天外⑨，归期如梦中。
遥凭长房术⑩，为缩天山东。

【翻译】

我的家在太阳升起的地方，
清晨东风拂面叫人喜冲冲。
东风从京师吹来，
无异于将家信交到我手中。
绝远的荒漠临近大地的边缘，

① 帝乡：帝王之乡，犹言帝京、京师、帝都。 ② 绝域：绝远之地。 ③ 天遂穷：天至此穷尽，犹言天涯。 ④ 弥年：足足一年。 ⑤ 蓬：即蓬蒿，茎叶大于根，秋枯根拔，遇风旋飞，故又名飞蓬。 ⑥ 方在公：全用于公事。 ⑦ 胡尘：胡人兵马所卷起的尘土，借指胡兵来犯。 ⑧ 兵气：战争气氛。屯：聚集。 ⑨ 眇：远。 ⑩ 长房术：传说东汉的费长房有缩地之术。《神仙传》载："房有神术，能缩地脉，千里存在目前宛然，放之复舒如旧也。"

孤城之上天也好像快要尽穷。
整整一年只是在马背上度过，
终日奔波随着那飘转的飞蓬。
生活单调寂寞不甚得意，
从早到晚都在辛勤办公。
古塞上胡人虽未挑起纷争，
战争的气氛仍然凝聚在上空。
回乡的道路远在天外，
归家的日期茫茫然如在梦中。
只望将来能凭借费长房的缩地术，
将天山东移，向着长安靠拢。

戏问花门酒家翁

天宝十载(751)安西节度使高仙芝调任河西节度使,岑参随之移驻凉州治所姑臧即今甘肃武威。其地有客舍名花门楼,楼前有一老翁卖酒,岑参见此地百姓安居乐业的和平景象,觉得很有意思,便前去与老人开玩笑取乐,录以为诗,就成了一幅情趣盎然的风俗画。其用榆钱沽酒的戏问,想象丰富,幽默诙谐,颇富生活气息。

老人七十仍沽酒①，千壶百瓮花门口②。
道旁榆荚仍似钱③，摘来沽酒君肯否？

【翻译】

七十岁的老翁还在卖酒，
千壶百瓮摆在花门口。
路旁的榆荚恰似串串铜钱，
摘来买酒您看可否？

① 沽：买和卖都可称沽。此用为“卖”，末句用为“买”。② 花门口：即凉州客舍花门楼口。③ 榆荚：榆树的果实，圆如铜钱，俗称榆钱。

武威春暮闻宇文判官西使还已到晋昌

宇文判官与岑参同为高仙芝的僚属，天宝十载，高改授河西节度使，他们一同回到姑臧，不久此人又出使安西。出于对这位朋友的信任与怀念，岑参在姑臧听说他已回到晋昌时，即作此诗向老朋友倾诉自己的心事。晋昌即为瓜州。唐武德时置瓜州，治所在晋昌即在今甘肃安西东南，天宝时改瓜州为晋昌郡。此诗从姑臧暮春景色写起。此地春色倒是不错，春云飘忽，黄莺乱飞，花明柳暗，不减故园。然而归家不得，功名无成的悲愁，无时无刻不向他袭来。向朋友们诉说一番，也许可以缓解一下吧。

片云过城头，黄鹂上戍楼①。
塞花飘客泪，边柳挂乡愁。
白发悲明镜，青春换敝裘②。
君从万里使，闻已到瓜州。

【翻译】

片云吹过城头，
黄莺飞上了戍楼。
塞花飘洒客子的泪水，
边柳牵挂行人的乡愁。
长了白发对着明镜悲叹，
可惜青春只换来了破裘。
此次您又承当了远行万里的使命，
听说现在已经到了瓜州。

① 黄鹂：即黄莺。戍楼：边地筑以观察、警戒的岗楼。

② 敝裘：破败的貂裘。《战国策》记苏秦说秦王失败，以致“黑貂之裘敝”。

武威送刘判官赴碛西行军

天宝十载(751),高仙芝在改授河西节度使以后未曾赴任,旋又领兵回安西,抵抗大食的进犯。这位姓刘的判官奉命从武威赶赴高仙芝的安西行营,岑参即写此诗送别。这位刘判官可能就是刘单,因为岑参同时还写有《武威送刘单判官赴安西行营便呈高开府》一诗。刘单为天宝初进士,其他不详。这首送行小诗颇为别致,它不直接写惜别之情,也不说祝愿一类的话,只是写出想象中的两个行军镜头,以壮僚友的行色。一是友人迅疾如飞地驰过火山,可见其豪健气概;二是碛西军营惊破战地早晨的号角声,可体现我军雄壮的声威,可谓别具一格。

火山五月人行少，看君马去疾如鸟。

都护行营太白西①，角声一动胡天晓②。

【翻译】

五月的火焰山行人稀少，

看您马去迅疾如飞鸟。

都护的军营远在那太白之西，

一声号角把胡天惊晓。

---

① 都护行营：指安西节度使高仙芝的行营。行营即作战时流动的军营。太白：即金星，古时以太白为西方之星，亦为西方之神。太白西，谓极西之地。 ② 角：军中乐器，亦用以报时，略似今日的军号。

送李副使赴碛西官军

天宝十载(751)六月,高仙芝正于安西率师西征,这位姓李的副使因公从姑臧出发赶赴安西军中,岑参作此诗送别。大概是当时前方正在激战,气氛有点紧张吧,这首送别诗并没有写惜别的深情,也未写边塞的艰苦,而是热情鼓励朋友赴军中参战。“脱鞍暂入酒家垆,送君万里西击胡”的豪举已不平常,末二句的直抒胸臆,更是别具肝胆,读之令人振奋。

火山六月应更热，赤亭道口行人绝①。
知君惯度祁连城②，岂能愁见轮台月③？
脱鞍暂入酒家垆④，送君万里西击胡。
功名只向马上取，真是英雄一丈夫！

【翻译】

六月的火山更是灼热，
赤亭道口怕要行人断绝。
知道您经常度越祁连城，
哪里会怕见轮台月。
请您下马暂入酒家垆，
送您到万里之外西击胡。
功名只向马上求取，
真是一位英雄大丈夫。

---

① 赤亭道口：即今火焰山的胜金口，为鄯善到吐鲁番的交通要道。 ② 祁连城：十六国时前凉置祁连郡，郡城在祁连山旁，即称祁连城。故址在今甘肃张掖西南。 ③ 轮台：古有轮台国，为汉所灭，并于龟兹。故址在今新疆轮台东南。唐代庭州也有轮台县，治所当在今新疆米泉境。此指古轮台，赴安西须经此地。 ④ 酒家垆：此代指酒店。

与高适薛据同登慈恩寺浮图

天宝十一载岑参已回到长安，秋天曾与诗人高适、薛据、储光羲、杜甫同登慈恩寺塔，相互有诗唱和。慈恩寺为当时京都名胜，是唐高宗李治当太子时为纪念其生母文德皇后所建。寺内有宝塔，即大雁塔。此诗首先写出大雁塔的高耸入云、宏伟壮观的塔势，再从不同的角度与方向写出登临所见的京郊景色，意境高远，气象万千，不愧为描绘帝都景物的高手。最后归结于佛理，流露出因仕途不畅而产生的归隐思想。

塔势如涌出①，孤高耸天宫。登临出世界②，磴道盘虚空。突兀压神州③，峥嵘如鬼工④。四角碍白日，七层摩苍穹⑤。下窥指高鸟，俯听闻惊风。连山若波涛，奔凑似朝东。青槐夹驰道⑥，宫馆何玲珑。秋色从西来，苍然满关中⑦。五陵北原上⑧，万古青濛濛。净理了可悟⑨，胜因夙所宗⑩。誓将挂冠去⑪，觉道资无穷⑫。

【翻译】

塔势仿佛腾涌而出，

---

① 涌出：从地底涌出，形容塔身拔地而起。 ② 世界：世间、人间。 ③ 突兀：高耸突出。 ④ 鬼工：非人力所能营造，有赖鬼神之力。 ⑤ 苍穹：青天。 ⑥ 驰道：可驰车马之道，秦统一中国后设驰道，道广五十步，这里泛指大道。 ⑦ 关中：古代指函谷关以西，今陕西省中部地区。 ⑧ 五陵：汉朝五个皇帝的陵墓：长陵（高祖）、安陵（惠帝）、阳陵（景帝）、茂陵（武帝）、平陵（昭帝），都葬在渭水北岸的高地（即所谓北原）上。 ⑨ 净理：佛家的清净之理。佛家谓远离罪恶与烦恼为清净。了可悟：透彻地领悟了佛家的真谛。 ⑩ 胜因：佛家语，即善因，与“恶业”对举。认为善因必得善果。 ⑪ 挂冠：弃官。语出《后汉书·逢萌传》，王莽专政时，逢萌认为天下将大乱，脱下官帽挂在东都城门，携家属下海，寓居辽东以避乱。 ⑫ 觉道：大觉大悟之道，即指佛道。佛家认为人生只有消除一切欲望，超脱一切尘念，才能达到最高的理想境界。资：凭藉，取用。

独立耸峙像要插入天宫。
登上塔顶会觉得超出世界，
上塔的阶梯就像盘旋在虚空。
雄伟突兀压盖神州，
高峻瑰丽像出自鬼工。
塔的四角可以蔽日，
七级塔身直迫苍穹。
往下探视可指点飞鸟，
俯身侧耳能听到惊风。
远看群山起伏有如波涛，
奔腾所向好似朝东。
近看青青槐树夹着大道，
宫殿馆阁多么玲珑。
秋色从西方袭来，
苍然地充塞关中。
五陵所在的北原之上，
自古就是山光树色青濛濛。
清净之理了了可悟，
胜因之说素来崇奉。
弃官归隐的决心已定，
佛法佛理可以取用无穷。

春　梦

这是一首优美的记梦诗。它写了一个迷离惝恍而又一往情深的梦境。为了不使这个梦境有突兀之感，它同时写出了梦的起因和环境，使人感到平日无法实现的愿望在梦中片刻就实现了。虽然迷离，终觉美好，自有一种慰藉和快感。

洞房昨夜春风起①，遥忆美人湘江水②。
枕上片时春梦中，行尽江南数千里。

---

① 洞房：深屋、内室。 ② 美人：本是美女，这里借用来指友人，自《离骚》以来即有这种写法。

【翻译】

洞房里昨夜春风吹起，
遥忆那美人远隔着湘江水。
在枕上片刻的春梦里，
我走尽了江南几千里。

赴北庭度陇思家

天宝十三载(754)岑参被封常清表为安西、北庭节度判官。此诗即为赴北庭经过陇山时作。北庭节度使治所庭州,在今新疆维吾尔自治区吉木萨尔北破城子。这首小诗语言浅显通俗,感情却是曲折深沉的,深抒其思家之苦。

西向轮台万里余①,也知乡信日应疏。
陇山鹦鹉能言语②,为报家人数寄书③。

---

① 轮台:唐代庭州有轮台县,治所在今新疆米泉境内,距乌鲁木齐市不远。当时封常清驻兵于此。 ② 陇山鹦鹉:《禽经》:“鹦鹉出陇西,能言。” ③ 数(shuò 朔):屡次、频繁。

【翻译】

向西走向轮台万里有余，

也知家乡的来信一天天稀疏。

陇山的鹦鹉能够言语，

请告诉我的家人给我频频寄书。

发临洮将赴北庭留别

此诗为天宝十三载(754)赴北庭途经临洮时所作。临洮,即洮州,在今甘肃临潭西,唐时与吐蕃接界。临洮的旧友为他饯别,他即作诗留赠。此次虽是第二次出塞,但到北庭还是第一次,所以凭传闻写出轮台的寒冷与荒凉,但是调子并不低沉。"勤王敢道远",表现出一片爱国热忱,"私向梦中归",写的是思家,却不感伤,甚为得体。

闻说轮台路①,连年见雪飞。

① 轮台:见《赴北庭度陇思家》注①。

春风不曾到，汉使亦应稀。
白草通疏勒[1]，青山过武威。
勤王敢道远[2]，私向梦中归。

【翻译】

听说通往轮台之路，
连年可以看到雪飞。
春风从未到过那里，
朝廷的使者去也很稀。
白草通连疏勒，
青山经过武威。
为王事尽力岂敢说路远，
只希望能从梦中返归。

① 白草：长于西北边境的牧草，入秋干枯变白，性柔韧。疏勒：唐时安西四镇之一，在今新疆疏勒。 ② 勤王：为王事效力。

凉州馆中与诸判官夜集

天宝十载(751)高仙芝改任河西节度使时，岑参曾暂驻凉州，结识了一些朋友；十二载(753)哥舒翰任河西节度使，其僚属如高适、严武等也与岑参是老熟人。所以当十三载岑参赴北庭途经姑臧时，就有很多老朋友前来迎送。此诗写的就是与河西幕府的老同事的一次欢聚夜饮。诗中写了凉州的边域风光、民族杂居的习俗民情，更把夜宴写得兴会淋漓、豪气纵横，充满了盛唐的时代气氛，体现出当时知识分子积极奋发的人生态度。

弯弯月出挂城头，城头月出照凉州。
凉州七里十万家①，胡人半解弹琵琶。
琵琶一曲肠堪断，风萧萧兮夜漫漫。
河西幕中多故人②，故人别来三五春。
花门楼前见秋草③，岂能贫贱相看老。
一生大笑能几回，斗酒相逢须醉倒。

【翻译】

弯弯的月儿爬上了凉州城头，
城头的月儿升空照着全凉州。
凉州方圆七里十万家，
胡人半数懂得弹琵琶。
琵琶一曲令人肠欲断，
风萧萧兮夜漫漫。
河西幕府里多故人，
故人分别以来有三五春。
花门楼前又见到秋草，

---

① 七里：《元和郡县志》：凉州“城不方，有头、尾、两翅，名为乌城，南北七里，东西三里。” ② 河西：指河西节度使，治所在凉州。 ③ 花门楼：凉州客舍名。

岂能长久贫贱看到老。
人生一世能有几回大笑，
今日相逢人人必须痛饮醉倒。

轮台歌奉送封大夫出师西征

此诗与《走马川行奉送出师西征》写于同一时间：天宝十三或十四载九月；同一地点：北庭瀚海军驻地、唐庭州属县轮台；写同一桩事：西征少数民族；赠送同一个人：西征主帅，安西、北庭节度使、御史大夫封常清。全诗分四个层次：首六句烘托开战前两军对垒的紧张气氛；紧接四句写出师时的浩大声势与军威；"虏塞"四句转写敌方兵力不弱，气候严寒，战斗艰苦；末四句照应题目，预祝胜利，以颂扬作结。四个层次有张有弛，转换自然，充满了激情和边塞生活气息，歌颂了将士们不辞艰苦的精神。前十四句都是两句一韵，七换其韵，音节较为急促，既配合了场面的转换，也体现了威武雄壮的声情。后四句一韵，从容结束，令人回味。

轮台城头夜吹角①，轮台城北旄头落②。羽书昨夜过渠黎③，单于已在金山西④。戍楼西望烟尘黑，汉兵屯在轮台北。上将拥旄西出征⑤，平明吹笛大军行。四边伐鼓雪海涌⑥，三军大呼阴山动⑦。虏塞兵气连云屯⑧，战场白骨缠草根。剑河风急雪片阔⑨，沙口石冻马蹄脱⑩。亚相勤王甘苦辛⑪，誓将报主静边尘⑫。古来青史谁不见⑬，今见功名胜古人。

---

① 角：军中乐器，吹奏以报时，类似今日的军号。 ② 旄头：星宿名，即昴星，古人以为是“胡人”的象征。旄头跳跃，主胡兵大起，旄头陨落，象征胡兵将要覆灭。 ③ 渠黎：汉西域诸国之一，在轮台东南。 ④ 金山：疑指天山的主峰。《读史方舆纪要》：“在庭州东南，西州西北，此西域之金山也。……亦谓之金沙岭，一名金岭。” ⑤ 拥旄：持节旄。节旄为古时皇帝赐给使臣、大将的信物。 ⑥ 雪海：西域湖泊名，距今吉尔吉斯斯坦境内之伊塞克湖不远，春夏常雨雪。 ⑦ 阴山：疑指天山。 ⑧ 兵气：杀气。 ⑨ 剑河：即今西伯利亚南部的叶尼塞河上游。 ⑩ 沙口：未详。据《全唐诗》，“沙”一作“河”，如从，当指剑河河口。 ⑪ 亚相：御史大夫的地位在汉时仅次于丞相，故亦称亚相，此指封常清。 ⑫ 静边尘：犹言平定边患。 ⑬ 青史：史册。古代用竹简记事，后来便称史册为青史。

【翻译】

轮台城头夜里吹起了号角，
轮台城北的旄头星已经陨落。
羽书昨夜来自渠黎，
报告单于已到了金山之西。
戍楼西望尘烟浓得发黑，
汉兵驻扎在轮台以北。
上将手持节旄西出征，
天刚亮就吹起笛子率领大军进行。
四面伐鼓，雪海为之翻涌，
三军大呼，阴山为之摇动。
敌塞上杀气连云屯聚，
战场上白骨纠缠草根。
剑河北风急吹，片片雪花阔，
沙口石上结冰，马蹄愁滑脱。
亚相尽力王事甘愿受苦辛，
誓将报答主恩静边尘。
古来的史册谁人看不到，
如今看到功名要胜过古人。

走马川行奉送出师西征

这一首与前一首《轮台歌》同咏一事，但描写的角度不同。《轮台歌》比较全面地写了阵战之事，而此首只是集中地描写在走马川中顶风冒雪夜行军的紧张场面。它极力夸张、渲染环境和气候的恶劣，反衬出全军上下的高昂士气和不畏艰险的精神。诸如黄沙漫天、风吹石走、风刀割面、马汗成冰、砚水冻凝等等，都写得有声有色，不仅给人以奇特之感，而且使人产生豪壮之情。全诗句句用韵，三句一转，平仄韵相间，特具一种急促、高昂、激越的声情效果。

君不见走马川,雪海边①,平沙莽莽黄入天!轮台九月风夜吼,一川碎石大如斗,随风满地石乱走。匈奴草黄马正肥②,金山西见烟尘飞③,汉家大将西出师。将军金甲夜不脱,半夜军行戈相拨,风头如刀面如割。马毛带雪汗气蒸,五花连钱旋作冰④,幕中草檄砚水凝。虏骑闻之应胆慑,料知短兵不敢接⑤,车师西门伫献捷⑥。

【翻译】

君不见走马川,雪海边,
平沙漫漫黄满天。
轮台在九月里风夜吼,
一川里的碎石大如斗,
被风吹得满地的碎石乱走。
匈奴的秋草已黄马正肥,

---

① 走马川:地名,不见于地理书,大约在轮台附近。川,川原,即沿河两岸的平原。各本“川”下有“行”字,显系沿诗题而多加的。雪海:见前首注⑥。 ② 匈奴:借指当时西域的少数民族。草黄马正肥:草黄,马爱吃,易长膘。马肥了正好发动战争。 ③ 金山:见前首注④。 ④ 五花:将马鬣剪成五瓣花的形状,称为五花马。连钱:马名。毛色斑驳,形似连串的铜钱,故名,俗称连钱骢。 ⑤ 短兵:刀、剑等短兵器。 ⑥ 车师:西汉时西域国名,旧地大致为唐时的庭州。这里用以指庭州。伫(zhù 住):等待。

金山西面已看到烟尘飞，
汉家的大将西出师。
将军的金甲夜间也不脱，
半夜里行军戈撞拨，
风头似刀直吹人面像在割。
马毛上带雪汗气蒸，
五花连钱的马鬣很快结成冰，
帐幕中草拟檄文砚水凝。
虏骑听到应该心胆慑，
料他们不敢短兵来相接，
将在东师西门迎候献捷。

北庭西郊候封大夫受降回军献上

此诗与《轮台歌》、《走马川行》同写一事。《轮台歌》与《走马川行》写的是奉送封常清出征，此诗则是写一个月后迎接封常清的凯旋归来。迎候的地点不在轮台而在北庭都护府所在地庭州西郊。由于是胜利回师，而且是不战而胜的回师，所以诗的重点不在于描写将士的威武雄壮，而在于烘托回师的胜利气氛，颂扬主帅的功劳，并表白个人对封常清的崇敬。全诗的节奏比较缓和，叙事、描写、议论、抒情兼而有之，可见到一个投笔从戎的书生如何把保家卫国的爱国精神和个人的功名欲望融合在一起，反映出封建社会强盛时期知识分子的普遍心态。

胡地苜蓿美①，轮台征马肥；大夫讨匈奴②，前月西出师。甲兵未得战③，降虏来如归；橐驼何连连④，穹帐亦累累。阴山烽火灭⑤，剑水羽书稀⑥；却笑霍嫖姚⑦，区区徒尔为⑧！西郊候中军⑨，平沙悬落晖。驿马从西来，双节夹路驰⑩；喜鹊捧金印⑪，蛟龙盘画旗。如公未四十，富贵能及时；直上排青云，傍看疾若飞。前年斩楼兰⑫，去岁平月支⑬；天子日殊宠，朝廷方见推。何幸一

---

① 苜蓿：多年生草本植物，为西北重要牧草，牛马嗜食。② 匈奴：泛指少数民族。③ 甲兵：带甲的士兵。④ 橐（tuó驼）驼：即骆驼。⑤ 阴山：见《轮台歌》注⑨。⑥ 剑水：见《轮台歌》注⑨。⑦ 霍嫖姚：指西汉名将霍去病。武帝时拜嫖姚校尉，曾六次率兵击退匈奴的入侵，斩获十余万人，战功赫赫。⑧ 区区：微小。尔：如此。⑨ 中军：指主帅所在之军。⑩ 双节：唐制，节度使赐双旌双节。出行时使人骑马持节以示威严。节：见《轮台歌》注⑤。⑪ "喜鹊"句：传说汉时有鹊飞翔近地，被人击落，化为圆石。破石得一金印，有"忠孝侯印"四字。后即以"鹊印"代指公侯之印。大概出于这一点神秘色彩，后来就有人在印章侧面雕上鹊的图案，以示珍贵，所以有此"喜鹊捧金印"之句。⑫ 楼兰：汉代西域国名，距今新疆罗布泊不远。其国王经常勾结匈奴，拦截杀害汉朝使臣，大将军霍光派傅介子用计刺杀其王，打通去西域的通道。此借指叛乱的部族。⑬ 月支：古西域国名，原在今甘肃一带，汉时为匈奴所破，一部分远迁今阿富汗等地，称大月支，一部分留居原地，称小月支，此亦代指当时的叛乱部族。

书生，忽蒙国士知①；侧身佐戎幕②，敛衽事边陲③。自逐定远侯④，亦着短后衣⑤；近来能走马，不弱并州儿⑥。

【翻译】

胡地的苜蓿丰美，
轮台的战马壮肥，
大夫征讨匈奴，
上个月西征出师。
甲兵还没有找到战机，
降敌投来如同把家归；
骆驼多得一群连一群，
穹帐也是一堆又一堆。
阴山上的烽火已熄，
剑水来的羽书渐稀；
却笑那当年的霍嫖姚，
区区战绩算得了什么作为。

---

① 国士：才能出众，受国人推重的人。 ② 侧身：勤谨小心，睡不安席。 ③ 敛衽：整敛衣襟，恭谨听命。 ④ 逐：追随。定远侯：汉代班超因经营西域有功，封定远侯。此指封常清。⑤ 短后衣：前长后短，便于骑射的特制衣服。 ⑥ 并（bīng 兵）州：治所在今山西太原。并州儿，即并州少年，以善骑射闻名。

在西郊迎候中军，
平坦的沙漠上挂着落晖。
驿马从西边到来，
一双旌节夹路奔驰；
喜鹊护持着金印，
蛟龙盘屈在画旗。
像公这样年纪还不到四十，
功名富贵能来得及时；
直上排冲青云，
旁人看来自然是快捷如飞。
前年斩了楼兰，
去岁又平定月支；
日益得到天子的殊宠，
朝廷正要将见推。
我一介书生多么幸运，
居然得到国士的待遇。
侧身佐助戎幕，
敛衽从事边陲。
自从追随了定远侯，
也习惯穿上短后衣；
近来更学会了跑马，
并不弱于并州儿。

献封大夫破播仙凯歌(六章选其二、其四)

播仙就是播仙镇,古名且末城。在今新疆且末县的车尔成河北岸。这组诗由六首七言绝句组成,这里选译其中两首。所写不外乎赞颂将士们不畏艰辛、保卫边防的功劳,表现胜利后的喜悦,而这一切又是由于统帅封常清的治军有方得来的。而在表现形式上却有着新人耳目之处,如取地名嵌入对句,虽常与地理不合,却往往可以构成瑰奇壮丽的意境。

其　二

官军西出过楼兰①，营幕傍临月窟寒②。

蒲海晓霜凝马尾③，葱山夜雪扑旌竿④。

【翻译】

官军西出过了楼兰，

营帐靠近月窟真够寒。

蒲海早晨的白霜冻上了马尾，

葱山夜里的雪花扑打着旗杆。

其　四

日落辕门鼓角鸣⑤，千群面缚出蕃城。

---

① 楼兰：见《北庭西郊候封大夫受降回军献上》注⑫。② 月窟：古人以为月的归宿处在西方，因借指极西之地。③ 蒲海：蒲昌海的简称，即今新疆的罗布泊。④ 葱山：即葱岭，在今新疆喀什市西，因山上多野葱，故名。⑤ 辕门：军营的门。鼓角：战鼓和号角。

洗兵鱼海云迎阵①,秣马龙堆月照营②。

【翻译】

斜阳下辕门鼓角声鸣,
成千群反缚的俘虏走出了蕃城。
洗兵鱼海只有白云迎阵,
放马龙堆唯见明月照营。

① 洗兵:洗净兵器,暂时不用。鱼海:湖泽名,古名休屠泽,今名白亭海。在今甘肃民勤东北。 ② 秣马:饲马。龙堆:即白龙堆沙漠,今名库穆塔格沙漠,在今新疆罗布泊东。

轮台即事

这首诗是天宝十四载(755)春天在轮台写的。即事,就是就眼前的事写成诗,古时就事感怀之作多以此为题。它写的是轮台的异地民情风物,从它的历史、地域、气候、景物,以及语言文字的特异,写出这座边疆要塞的独特风貌。从对这种异域风情的描绘中流露出一点客思乡愁也是很自然的事,甚至可以看作是描写异域风物的一种反衬,因其与故乡殊异,所以特别思乡。

轮台风物异，地是古单于①。
三月无青草，千家尽白榆②。
蕃书文字别③，胡俗语音殊。
愁见流沙北④，天西海一隅⑤。

【翻译】

轮台的风光景物奇异，
地方曾住古代的匈奴。
三月阳春看不到青草，
千家门前都种着白榆。
蕃书文字有别，
胡俗语音特殊。
愁见这流沙之北，
天西海角一隅。

---

① 单于：古代匈奴的首领，这里借指匈奴。轮台地区曾是匈奴的领地。 ② 白榆：白皮榆树，边塞多有。 ③ 蕃书：少数民族的文字。 ④ 流沙：沙漠。 ⑤ 海一隅：泛指极远之地，即天涯海角之意。

北庭贻宗学士道别

唐代边塞诗中的送别诗多写送人出塞和送人回京，此诗写的却是送友人在边塞上来往。岑参这位姓宗的朋友从军前在朝廷任学士，后投笔从戎到安西节度使府中任职，一次出差从龟兹到了庭州，得与岑参会面。当他回龟兹的时候，岑参就写了这首诗送他。时间当在天宝十四载(755)四月。诗开头写朋友屡立战功却得不到爵赏，十年一命，衣敝人老，为朋友大抱不平。次写朋友间的欢聚，重在推心置腹的倾吐衷肠。再写送别，平沙万里中只身匹马伴着飞鸿而去，不免倍感凄凉。为了安慰朋友，最后以美好的祝愿作结。由于作者与这位朋友的境遇相同，诗中替朋友说的话，实际上也是自己的心声，所以颇动感情，由此可以看出唐代知识分子投笔从戎的艰难历程和彷徨心态。

万事不可料，叹君在军中。读书破万卷，何事来从戎？曾逐李轻车①，西征出太蒙②。荷戈月窟外③，擐甲昆仑东④。两度皆破胡，朝廷轻战功。十年只一命⑤，万里如飘蓬。容鬓老胡尘，衣裘脆边风。忽来轮台下⑥，相见披心胸。饮酒对春草，弹棋闻夜钟。今且还龟兹⑦，臂上悬角弓⑧。平沙向旅馆，匹马随飞鸿。孤城倚大碛，海气迎边空⑨。四月犹自寒，天山雪濛濛。君有贤主将⑩，

---

① 李轻车：汉代名将李广的堂弟李蔡，曾为轻车将军，击败匈奴右贤王，封安乐侯。此借指当时边塞主将。 ② 太蒙：日落的地方。《尔雅·释地》："西至日所入为太蒙。" ③ 月窟：见《献封大夫破播仙凯歌》注②。 ④ 擐（huàn 唤）甲：披甲。⑤ 一命：见《初授官题高冠草堂》注①。 ⑥ 轮台：指庭州属县轮台，非指汉轮台。 ⑦ 龟兹（qiū cí 秋慈）：唐代安西节度使治所，在今新疆库车。 ⑧ 角弓：饰以兽角的弓。 ⑨ 海气：海上蒸腾而上的水气，犹言海云。海，泛指西域的大湖泊。 ⑩ 贤主将：指当时的安西、北庭节度使封常清。

何谓泣途穷①？时来整六翮②，一举凌苍穹③。

【翻译】

万事很难预料，
慨叹您竟也供职军中。
您读书已破万卷，
为什么投笔来此从戎？
您曾经追随过李轻车，
西征到过那太蒙。
荷戈在月窟之外，
披甲在昆仑以东。
两次都能破胡，
可朝廷轻视战功。
十年间只换来一命微职，
在万里之外如同飘蓬。
容鬓衰老是刮了胡尘，
衣裘变脆是吹了边风。
您忽然来到轮台之下，

① 泣途穷：传说晋朝阮籍因对现实不满，故作颓放，常独自随意驾车外出，每当途穷，便痛哭而返。 ② 六翮(hé 河)：劲健的羽翼。翮，羽茎。《战国策·楚策》："奋其六翮而凌清风，飘摇乎高翔。" ③ 苍穹：青天。

相逢当披开心胸。
开怀痛饮对着春草，
玩着弹棋听响夜钟。
今日您要回到龟兹，
臂上挂着角弓。
在平沙投向旅馆，
让匹马紧随飞鸿。
孤城挨着大碛，
海气迎立边空。
四月的天气还是那么寒冷，
天山上仍是飞雪濛濛。
您有这样贤明的主将，
还用得上泣路穷？
时运到来整刷六翮，
一举直上苍穹。

登北庭北楼呈幕中诸公

此诗作于天宝十四载(755)六月,写的是登上北庭城楼的感怀。古塞空废,秋气早来,不见鸟儿飞,只见沙丘白,这奇特而荒凉的景象自然会产生思家之情。然而主帅的赫赫战功又使他感到庆幸,同僚们的才华也使他倾慕,只是未展平生的怀抱又不能不是一个缺憾。异域的风光加上这些曲折起伏的思绪使此诗具有浓厚的边塞风味。

尝读《西域传》,汉家得轮台。古塞千年空,阴山独崔嵬①。二庭近西海②,六月秋风来。日暮上北楼,杀气凝不开。大荒无鸟飞,但见白龙䭔③。旧国眇天末④,归心日悠哉。上将新破胡,西郊绝烟埃。边城寂无事,抚剑空徘徊。幸得趋幕中,托身厕群才⑤。早知安边计,未尽平生怀。

【翻译】

曾经读过《西域传》,
知道汉代就取得了轮台。
古塞千年空废,
阴山独自崔嵬。
二庭靠近西海,
六月间就有秋风吹来。
日暮时分登上北楼,
杀气仍是凝聚不开。
在大荒没有鸟飞,

---

① 阴山:指天山。 ② 二庭:据《新唐书·突厥传》载,唐初西突厥分裂为二,以伊犁河为界,河西政权谓之北庭,河东政权谓之南庭。西海:历史上称为西海的很多,都因地处西部而得名。据二庭方位,当指今吉尔吉斯斯坦境内之咸海。 ③ 白龙䭔:即白龙堆,见《献封大夫破播仙凯歌》注②。 ④ 旧国:旧乡、故乡。 ⑤ 厕:置身、参与。

只看到那白龙堆。
故乡远在天尽头，
归家日见悠哉。
上将新败胡兵，
西郊绝无烟埃。
边城无事静悄悄，
我得抚剑独徘徊。
我有幸能在幕府中奔走，
寄身在此得亲近诸位贤才。
我早已谙熟安边的策略，
只是无法实现平生的襟怀。

使院中新栽柏树子呈李十五栖筠

李栖筠是唐代名相李德裕的祖父，精明干练，性格刚毅，原任封常清的判官，天宝十四载(755)封入朝，表摄监察御史，升行军司马，岑参于是写此诗赞誉。诗中把北庭节度使府院中栽种柏树，说成是从御史台移植过来，暗合李栖筠既为封常清的行军司马，又摄监察御史的身份。颂扬柏树傲霜耐寒、四季常青的品格，也就是赞誉李栖筠坚贞刚毅、昂藏不凡。

爱尔青青色，移根此地来。

不曾台上种①，留向碛中栽。

脆叶欺门柳，狂花笑院梅②。

不须愁岁晚，霜露岂能摧！

【翻译】

喜爱你这种青青的颜色，

将你的根移栽到这里来。

没有让你在御史台里落土，

留下你到沙漠中培栽。

你欺压了脆弱的门柳，

也讥笑了狂放的院梅。

用不着担心岁晚，

霜露怎能够将你损害。

---

① 台：指朝中御史台。汉代的御史台中多种柏树，被人称为柏台；传说这些柏树上常有野乌数千栖息其上，所以又称乌台。 ② 狂花：怒放的花。花繁易谢，多不能结实。

白雪歌送武判官归京

岑参于天宝十三载(754)充任安西、北庭节度使判官。此诗就是他在轮台幕府送人回京时写的。所送的武判官不见其他记载,或是他的前任,或是他的同事。这首赠别诗的写法不同一般。它用了一半以上的篇幅描写大西北的雪景和奇寒,但又未脱离送友的主题,这些景物是作为送友的环境出现的。由于作者有着惊人的观察力、感受力和表现力,所写到的这些瑰丽的自然风光和浓郁的边地生活气息,令人神往,令人赞叹。在我国古代的边塞诗中,它是久负盛名的篇章之一。

北风卷地白草折①，胡天八月即飞雪。忽如一夜春风来，千树万树梨花开。散入珠帘湿罗幕，狐裘不暖锦衾薄②。将军角弓不得控③，都护铁衣冷难着。瀚海阑干百丈冰④，愁云惨淡万里凝⑤。中军置酒饮归客⑥，胡琴琵琶与羌笛。纷纷暮雪下辕门⑦，风掣红旗冻不翻⑧。轮台东门送君去，去时雪满天山路。山回路转不见君，雪上空留马行处。

【翻译】

北风卷地白草被吹折，
胡天八月就飞大雪。
忽然像春风一夜来，
吹得千树万树梨花开。
雪花飘入珠帘打湿了罗幕，
狐裘不暖锦衾也嫌薄。
将军的角弓冻得拉不开，

---

① 白草：生长在西北地区的一种牧草，性至坚韧，秋冬变白，故名。 ② 衾（qīn 亲）：被子。 ③ 控：拉引。 ④ 瀚海：大沙漠。阑干：纵横的样子。 ⑤ 惨淡：阴暗。 ⑥ 饮归客：请归客喝酒，即为武判官饯行。 ⑦ 辕门：军营之门。古代行军扎营，出入处两边各竖立一辆车的车辕，相向对立如门，故名。⑧ 掣（chè 撤）：牵曳、拉扯。翻：翻卷、飘动。

都护的铁甲冷得难穿着。
无边的瀚海纵横是百丈冰，
愁云惨淡万里在聚凝。
中军帐内摆下酒宴饮归客，
弹唱的是胡琴琵琶与羌笛。
纷纷的暮雪中出辕门，
风掣动着红旗冻不翻。
我在轮台的东门送您离去，
离去时白雪铺满了去天山之路。
山回路转望不到您的身影，
雪上空留下那马行之处。

玉门关盖将军歌

此诗作于玉门关无疑，但时间尚难确定。大概是岑参在北庭任支度判官时行役至玉门关时所作。这位玉门关守将盖将军很难确考。此诗的内容与表现方式在岑参的边塞诗，甚或是整个唐代的边塞诗中，都有一点别致。它用纪实的铺叙手法，写出了这位守将武勇的外貌和粗豪的性格的一面，也写出了他军中无事只知寻欢作乐的一面。其中对奢侈豪华的夜宴的描写占了一半的篇幅，里面有赞赏也有讽刺。这种讽刺自然是委婉的，甚至带点调侃的语气。这位盖将军在古代边将中大概很有点代表性。他们在战场上是勇猛的，在争豪斗富的享乐方面也决不示弱。这是一种历史的真实，其是非功过，不宜用现代的观点去作机械的评价。此诗句句押韵，或三句一顿，或两句一顿，既富有音乐感，又穷极抑扬顿挫变化，特具一种声情效果。

盖将军，真丈夫，行年三十执金吾①，身长七尺颇有须。玉门关城迥且孤，黄沙万里百草枯，南邻犬戎北接胡②。将军到来备不虞③，五千甲兵胆力粗，军中无事但欢娱。暖屋绣帘红地炉，织成壁衣花氍毹④。灯前侍婢泻玉壶⑤，金铛乱点野酡酥⑥。紫绂金章左右趋⑦，问着只是苍头奴⑧。美人一双闲且都⑨，朱唇翠眉映明胪。

① 执金吾：汉代官名，掌管京师治安。唐代的左右金吾卫将军与此职相当。 ② 犬戎：古戎族的一支，这里借指西部的少数民族。胡：泛指北方少数民族。 ③ 不虞：没有料到的事情。 ④ 壁衣：装饰墙壁的帷幕。氍毹（qú shū 渠书）：毛织地毯。 ⑤ 泻玉壶：用玉壶倾酒。 ⑥ 金铛（chēng 撑）：精致的铜制平底锅，有足，可置于桌上。野酡酥：用野骆驼肉制成的食品。酡，当为“驼”之误。 ⑦ 紫绂金章：即紫绶金印。为朝廷赐给一定品位的官员的饰物。这是借指华贵的衣饰。 ⑧ 苍头奴：指奴仆，汉时仆隶以深青色头巾包头，故称。 ⑨ 都：美。

清歌一曲世所无，今日喜闻《凤将雏》①。可怜绝胜秦罗敷②，使君五马谩踟蹰③。野草绣窠紫罗襦④，红牙镂马对樗蒱⑤。玉盘纤手撒作卢⑥，众中夸道不曾输。枥上昂昂皆骏驹，桃花叱拨价最殊⑦。骑将猎向城南隅，腊日射杀千年狐⑧。我来塞外按边储⑨，为君取醉酒剩沽⑩。醉争酒盏相喧呼，忽忆咸阳旧酒徒⑪。

【翻译】

盖将军，真是大丈夫，

三十岁就当上了执金吾，

身长七尺颇有须。

---

①《凤将雏》：汉代著名乐曲名。 ② 秦罗敷：汉乐府《陌上桑》女主人公名，后代指美丽而有节操的妇女。 ③ 使君：汉代称太守为使君，后转为对州郡长官的尊称。五马：汉太守的车子配用五匹马。谩：空、徒然。踟蹰：徘徊不进。此句据《陌上桑》"使君从南来，五马立踟蹰"变化而来。 ④ 绣窠（kē 科）：绣花图案。 ⑤ 红牙镂马：用染红的象牙或兽骨雕镂成的樗蒱戏具。樗蒱（chū pú 初蒲）：古代的一种游戏。其法失传。"马"与"骰"是其中的主要戏具。 ⑥ 卢：玩樗蒱以所掷的五个骰子全是黑点为最佳，称为"卢"。 ⑦ 桃花叱拨：古代良马名，属大宛国所产的血汗马。 ⑧ 腊日：古代年终祭祀百神的日子，具体日期不尽相同，后多以腊月初八为腊日。 ⑨ 按边储：考察边防的军需储备。 ⑩ 剩沽：多买。 ⑪ 咸阳：秦时的都城，唐人多以"咸阳"来称长安。

玉门关的关城偏远又单孤，
黄沙万里百草都干枯，
南邻犬戎北面接着胡。
将军来此防备意外事，
带着五千甲兵胆壮气又粗，
军中无事只知求欢娱。
暖屋里挂着绣帘烧起红地炉，
织成的壁衣还有花氍毹。
灯前的侍婢倾泻玉壶，
金铛里乱点的是野酡酥。
紫绶金印的在左右趋，
一问才知不过是家中奴。
美人一对闲且都，
红唇翠眉映着那明眸。
清歌一曲世上所无，
今日高兴地听到了《凤将雏》。
可爱啊完全胜过了秦罗敷，
使君五马只能空踟蹰。
她们穿着绣有野草的紫罗襦，
拿着红牙雕的赌具玩樗蒱。
纤手往玉盘中投成卢，
众人夸奖说从来没有输。

马槽里昂昂地都是骏马驹，
那桃花叱拨的价最殊。
主人骑着它打猎在城南隅，
腊日射杀了千年狐。
我来塞外考察边储，
为君一醉酒剩沽。
醉里争着酒盏相互喧呼，
忽然想起那长安的旧酒徒。

玉关寄长安李主簿

此诗大概也是自北庭行役至玉门关时所作。他的朋友李某在京兆府长安县任主簿，音书久疏，恰逢除夕，于是写了这首短诗以慰乡情。全诗用语平淡，似与老朋友叙家常，然而隐含着浓郁的乡愁和炽热的友情。只有身在塞外、心在长安的人，才会如此心急如焚地盼望着亲友的来信，一时盼不到，还要埋怨对方无情。

东去长安万里余，故人何惜一行书①。

① 一行(háng 杭)书：指短书信。

玉关西望堪肠断①，况复明朝是岁除②。

【翻译】

这里往东去长安万里有余，
老朋友为什么不给我写上一行书。
在玉门关西望愁肠欲断，
何况明日又是岁除。

---

① 玉关：即玉门关。 ② 岁除：除夕。

天山雪歌送萧治归京

这也是写于北庭的一首送别诗。被送人萧治身份不详。诗中先以天山雪为描写对象,写出了天山雪岭崔嵬,雪月交辉的奇观,也写出了天山积雪带来的严寒。然后再写天山雪纷纷的时候送客。所写的雪景瑰丽多姿,用雪地的青松枝赠勉朋友也颇具象征意义。基本上两句一换韵,平仄韵交错,音调急促,配合了雪中送归客的气氛。最后四句一韵,音调转入平缓,便于表现深厚的情谊。

天山雪云常不开，千峰万岭雪崔嵬①。
北风夜卷赤亭口②，一夜天山雪更厚。
能兼汉月照银山③，复逐胡风过铁关④。
交河城边鸟飞绝，轮台路上马蹄滑。
晻霭寒氛万里凝⑤，阑干阴崖千丈冰。
将军狐裘卧不暖，都护宝刀冻欲断。
正是天山雪下时，送君走马归京师。
雪中何以赠君别，惟有青青松树枝。

【翻译】

天山的雪云终年凝聚不开，
千峰万岭都是白雪皑皑。
夜间的北风席卷着赤亭口，
一夜之间天山的雪就更厚。
天山之雪伴着汉月照亮银山，
随着胡风还可飞过铁门关。
交河城边飞鸟都绝迹，

---

① 崔嵬：高峻的样子。 ② 赤亭口：即今新疆火焰山的胜金口，位于新疆博格多山南麓。据说此地是一个风口，风特别大。 ③ 兼：合并。银山：即银山碛，在今新疆吐鲁番西南的库木什附近。 ④ 铁关：即铁门关，在今新疆博斯腾湖以西，库尔勒市北面。 ⑤ 晻霭：昏暗的云气。

轮台路上马蹄在打滑。
万里天空凝聚着昏暗的寒云，
山的阴崖纵横都是千丈冰。
将军的狐裘睡不暖，
都护的宝刀冻欲断。
正是天山大雪纷飞之时，
送您走马返回京师。
大雪之中用什么为您赠别，
只有这青青的松树枝。

热海行送崔侍御还京

这是借歌颂热海的奇特无比以壮朋友行色的送别诗。或写于交河郡,或写于轮台县。热海即伊塞克湖,又名大清池、咸海,今属吉尔吉斯斯坦,唐时属安西节度使领辖。岑参虽未到过那里,但根据传闻和自己长期在荒远之地的体验,把它写得有声有色、神奇无比。如汤煮的热海水中,居然有长且肥的鲤鱼;热气可以蒸沙烁石,把云彩点燃,岸边的青草却是四季常青,令人不可思议。更有意思的是他居然能把这种奇特的自然景象与所送友人的御史身份联系起来,点明题旨,而且这种联系是那么自然,毫无斧凿痕迹。

侧闻阴山胡儿语①，西头热海水如煮。
海上众鸟不敢飞，中有鲤鱼长且肥。
岸旁青草常不歇②，空中白雪遥旋灭。
蒸沙烁石燃虏云③，沸浪炎波煎汉月。
阴火潜烧天地炉④，何事偏烘西一隅⑤？
势吞月窟侵太白，气连赤坂通单于⑥。
送君一醉天山郭⑦，正见夕阳海边落。
柏台霜威寒逼人⑧，热海炎气为之薄。

【翻译】

从旁听到阴山的胡人语，
西边热海的水如煮。

① 阴山：见《轮台歌》注⑦。 ② 不歇：不枯萎。 ③ 烁石：消融石头。“烁”同“铄”。虏云：西北上空的云。“虏”为当时对西北少数民族的蔑称。 ④ 阴火：地下之火。天地炉：指熔铸万物的天地。语出贾谊《鹏鸟赋》：“天地为炉兮，造化为工。” ⑤ 西一隅：西方一角。 ⑥ 赤坂：即赤山，又名赤石山，以山多赤石而得名，在今吐鲁番西北部的贪汗山西七十里。坂，同“阪”。鲍照《苦热行》：“赤阪横西阻，火山赫南威。”单于：唐于蒙古大沙漠南置单于都护府，这里以其辖地泛指西北地区。 ⑦ 天山郭：天山脚下的城市。或指轮台县，或指交河城，二地均在天山脚下。 ⑧ 柏台：即御史台，这里用以点明崔的侍御身份。

海上的鸟儿不敢飞，
中间却有鲤鱼长又肥。
岸边的青草常不歇，
空中的白雪远远就化灭。
蒸沙烤石烧燃了虏云，
沸波热浪煎煮着汉月。
阴火暗烧着天地炉，
为什么偏偏烘烤着西一隅。
势吞着月窟侵太白，
热气连着赤坂通单于。
送您一醉在天山郭，
正看到夕阳海边落。
您柏台的霜威寒气直逼人，
热海的热气也为之薄。

送崔子还京

此诗与前一首《热海行》作于同时，这个崔子是否就是崔侍御也很难说。全诗采用了诗家惯用的对照手法。前二句写崔子获归长安的喜悦，后二句写自身仍得滞留异域的苦闷。这一喜一忧都反映出久戍塞外之人的恋乡心情。由于写喜用“扬鞭只共鸟争飞”，写苦用“雪里题诗泪满衣”，极为形象，渲染非常得力，为人所爱赏。

匹马西从天外归，扬鞭只共鸟争飞。
送君九月交河北，雪里题诗泪满衣。

【翻译】

匹马西来就像从天外返归，
扬鞭只与鸟儿争飞。
九月里我在交河以北送您上路，
雪里题诗泪洒满衣。

火山云歌送别

这是借描写火山上空的赤云奇景为朋友送别的诗，可能写于交河。它不写火云的炎热给边地居民和戍卒带来的生活上的不便，而一味写出火云的飘忽不定、笼盖万物的奇观，可看出作者意在歌颂边疆的瑰丽多姿。末二句的送别之辞，也别有情致，充满着浪漫色彩。

火山突兀赤亭口①，火山五月火云厚②。
火云满山凝未开，飞鸟千里不敢来。

---

① 突兀(wù误)：高耸的样子。赤亭口即今火焰山的胜金口，唐时称赤亭，为鄯善到吐鲁番的交通要道，山口多风，形势险要。 ② 火云：炽热的赤色云。

平明乍逐胡风断，薄暮浑随塞雨回①。
缭绕斜吞铁关树，氛氲半掩交河戍②。
迢迢征路火山东，山上孤云随马去。

【翻译】

火山高高地耸立在赤亭口，
五月的火山上空火云厚。
火云铺山盖岭凝不开，
鸟飞千里不敢飞过来。
清晨刚被胡风吹断，
傍晚随着塞雨转回。
缭绕着吞没了铁关树，
迷漫半掩了交河戍。
征途迢迢在火山东，
山上一片孤云将随您马去。

---

① 浑：还是。 ② 氛氲：浓厚盛密的样子。交河戍：交河的戍楼。

赵将军歌

此诗作于北庭任职期间。赵将军，名和事迹均不详。诗中写了边防军中的一个生活场面：汉蕃将领们在射猎场上赌勇力，较技艺，以实物为奖品，表现出融洽的感情、豪迈的气概、欢乐的气氛。加上“天山风似刀”、“猎马缩寒毛”的环境渲染，颇有特色。

九月天山风似刀，城南猎马缩寒毛。
将军纵博场场胜①，赌得单于貂鼠袍。

① 纵博：纵情赌博，此种赌博不是赌钱，而是在射猎场中赌勇力和射技，实是一种比赛。

【翻译】

九月里天山的寒风好似刀，
城南的猎马冻得紧缩毛。
将军在纵博场场得胜，
赢得了单于的貂鼠袍。

优钵罗花歌

优钵罗花是生长于高寒地带的花，多产于印度，我国西北地区也有。优钵罗为梵语译音，意为青莲花，形状与特征类似今日之雪莲花。因其洁净幽香，佛经中常取以喻佛。岑参首见此花于北庭，特赋诗赞美。诗前有序，说天宝十五载(756)有交河小吏献此花。他极为叹赏它的丰姿与异香，认为如果生在中土，牡丹、芙蓉将为之贬值，以此比之于有些怀才之人，无缘得会明主，而终老山野。由此可知，岑参此诗的用意是在抒发自己怀才不遇的牢骚。诗的形式也别具一格，句式灵活，富于变化。

白山南[1]，赤山北[2]，其间有花人不识，绿茎碧叶好颜色。叶六瓣，花九房[3]，夜掩朝开多异香。何不生彼中国兮生西方[4]？移根在庭媚我公堂[5]。耻与众草之为伍，何亭亭而独芳[6]！何不为人之所赏兮，深山穷谷委严霜。吾窃悲阳关道路长[7]，曾不得献于君王[8]。

【翻译】

白山之南，赤山之北，
其间有种花人们不认识。
绿茎碧叶，美好的颜色。
叶六瓣，花九房，
朝开夜合多异香。
为什么不生在中原要生在西方？
移根进庭院美化我公堂。
不愿与众草为伴，
这么亭亭地独自吐着幽芳。
为什么不被人们所欣赏，

① 白山：即天山，因长年积雪而得名。 ② 赤山：指火山，即新疆火焰山。山为赤色，故称。 ③ 花房：指花瓣。 ④ 中国：指中原、中土。 ⑤ 公堂：办公的地方。 ⑥ 亭亭：昂然高耸的样子。 ⑦ 阳关：古代通往西域的要道。遗址在今甘肃敦煌西南古董滩附近。 ⑧ 曾：乃、竟。

在深山穷谷里委身于风霜。
我叹息阳关的道路长，
不能将你献给君王。

首秋轮台

此诗是天宝十五载(756),即至德元载的作品,题目已标示首秋即七月在轮台所作。岑参于天宝十三载来到边塞,至此时已是三个年头,思归之情自难抑止,此诗即写其在驻地轮台的倦怠心情。首写轮台的偏远,次写轮台的苦寒,再写轮台的凄凉,最后表露久居轮台的怅惘愁思。由于这种心绪是借助于阴山、雪海、孤城、毡幕,甚至羶腥等独特景物表现的,所以使人既感受到单调、荒漠,令人烦闷;也感受到它的高旷、辽阔、静穆,令人心胸开阔。

异域阴山外①，孤城雪海边②。
秋来唯有雁，夏尽不闻蝉。
雨拂毡墙湿③，风摇毳幕膻④。
轮台万里地，无事历三年。

【翻译】

异域在阴山之外，
孤城在雪海之边。
秋天来了只见那大雁，
夏天完了听不到鸣蝉。
急雨打着毡墙潮湿，
大风摇撼毡幕腥膻。
轮台万里之地，
无事在此过了三年。

---

① 阴山：见《轮台歌》注⑦。 ② 雪海：见《轮台歌》注⑥。这里的阴山、雪海非实指，仅借以表明北庭的偏远苦寒。 ③ 毡墙：毡帐的墙。毡帐，即游牧民族居息的圆顶帐篷，用毡做成，古称穹庐，类似今之蒙古包。 ④ 毳（cuì 脆）幕：亦指毡帐。膻（shān 山）：羊肉的腥臊气。

醉里送裴子赴镇西

这是在北庭送朋友往安西的诗。至德元载(756)已将安西改名镇西,可知是当年或第二年东归前写的。此诗舍弃了送别时一些通常之景与通常之情的描写,只摄取自己久久地望着朋友飞马翻越天山的镜头加以勾勒,既描绘出一个飞马上云端的奇特景象,也表现了自己对朋友的一片深情。构思新颖,语言通俗,诗味醇厚。

醉后未能别,醒时方送君。

看君走马去，直上天山云①。

【翻译】

酒醉了未能话别，
酒醒后才来送君。
望着你走马而去，
直上到天山白云。

① 天山：从北庭至安西须越过天山。

田使君美人如莲花舞北旋歌

从这首诗的内容看来，大概作于某一次出塞或入塞途中，很可能与《凉州馆中与诸判官夜集》是同时的作品。田使君不详其名，汉代以后对州郡长官都尊称为使君。此诗最有价值的是绘声绘色地描写了一场精彩的北旋舞表演。它先对此舞的罕见、场地的豪华、舞女的盛装柔姿作渲染，再进入对北旋舞表演的描绘。用“飞雪”、“旋风”形容其舞多旋的特点；用黄云聚敛、边声四起形容其艺术效果；更对入破一段的变幻莫测作了重彩涂抹。最后用流传已久的名曲与之对比，对北旋之舞与舞北旋之人作了高度评价。在描写歌舞的古典诗歌中，此诗独具面目。

如莲花，舞北旋，世人有眼应未见。高堂满地红氍毹[①]，试舞一曲天下无。此曲胡人传入汉，诸客见之惊且叹。曼脸娇娥纤复秾[②]，轻罗金缕花葱茏[③]。回裾转袖若飞雪[④]，左旋右旋生旋风。琵琶横笛和未匝[⑤]，花门山头黄云合[⑥]。忽作出塞入塞声，白草胡沙寒飒飒。翻身入破如有神[⑦]，前见后见回回新。始知诸曲不可比，《采莲》、《落梅》徒聒耳[⑧]。世人学舞只是舞，姿态岂能得如此。

【翻译】

如莲花，舞北旋，

世上有眼恐怕很少见。

高堂里满地铺上红地毯，

---

① 氍毹(qú shū 渠输)：毛地毯。 ② 曼脸：细嫩的脸。娇娥：美女。纤复秾：不胖不瘦，身材匀称。 ③ 轻罗：质地轻柔的丝织物。金缕：金线。葱茏：指衣上所绣的花卉鲜艳茂密。 ④ 裾：衣服的前襟。 ⑤ 和未匝：伴奏未毕。和，和声伴奏；匝，一遍。 ⑥ 花门山：在居延海以北三百里，天宝时为回纥所占。这里借指田使君所在地周围的山。 ⑦ 入破：唐代大曲一般分三大段：散序、中序、破。入破，即“破”一段的头一节。 ⑧《采莲》：乐曲名。古乐府、唐大曲中都有名为《采莲曲》或《采莲》的曲调。《落梅》：乐曲名，即《梅花落》，从汉至唐流传不衰。

试着跳一曲天下无。
此曲本由胡人传入汉，
客人们见了惊且叹。
曼脸的娇娥纤丽又复秾，
轻罗衣上金线绣花真葱茏。
回裾转袖好像在飞雪，
左旋右旋好像生旋风。
琵琶、笛子的伴奏尚未毕，
花门山头黄云合。
忽然变作出塞入塞声，
白草、胡沙中寒风多飒飒。
翻身入破跳得最有神，
前面见后面见回回姿态新。
才知道各种舞曲无法跟它比，
《采莲》、《落梅》刺耳令人厌。
世上人学舞只是舞，
姿态哪能像如此。

行军(二首选其一)

此诗题下原有注:“时扈从在凤翔。”可知作于至德二载(757)六月至十月之间。当时岑参任右补阙。这是一首反映安史之乱的诗。自天宝十四载(755)十一月安禄山举兵叛乱以来,至作者写此诗时,将近两年,长安已于天宝十五载六月为叛军攻占。诗中集中地叙写了京城被叛军占领的情况和叛军的屠戮暴行。对此局面,岑参曾上疏献策,但不被采用,忧时忧国之心,无处倾诉,只好仰天长哭了。

吾窃悲此生①，四十幸未老②。一朝逢世乱，终日不自保。胡兵夺长安③，宫殿生野草。伤心五陵树④，不见二京道⑤。我皇在行军⑥，兵马日浩浩⑦。胡雏尚未灭⑧，诸将恳征讨。昨闻咸阳败⑨，杀戮尽如扫。积尸若丘山，流血涨丰镐⑩。干戈碍乡国⑪，豺虎满城堡。村落皆无人，萧条空桑枣。儒生有长策，无处豁怀抱⑫。块然伤时人⑬，举首哭苍昊⑭！

【翻译】

我暗自悲叹这一生，

所幸的是年仅四十还不算老。

---

① 窃：私下。 ② 四十：岑参时年四十三岁，此举其成数。 ③ 胡兵：指安禄山叛军，其中多契丹等少数民族兵将。 ④ 五陵：指汉朝五个皇帝（高祖、惠帝、景帝、武帝、昭帝）的陵墓。位于长安西北的渭水北岸。 ⑤ 二京：指西京长安、东京洛阳。 ⑥ 我皇：指肃宗。 ⑦ 浩浩：声势壮大。 ⑧ 胡雏：胡儿。 ⑨ 咸阳败：指至德元载十二月房琯率军收复长安，惨败于陈陶泽（今咸阳市东）一事。 ⑩ 丰镐：丰水与镐池。丰水，源出陕西鄠县，北流入渭水，周时丰镐二邑即以此为界。镐池，古池名，在长安昆明池北，原为西周都城镐京所在，唐时并入昆明池，唐以后湮没。 ⑪ 乡国：家乡。 ⑫“儒生”二句：据杜确《岑嘉州诗集序》称，当时岑参曾屡上奏章不为所用，故有此语。儒生：岑参自指。豁：施展。 ⑬ 块然：孤独的样子。 ⑭ 苍昊（hào 浩）：苍天。

一旦遇上了世乱，
终日不能自保。
胡兵夺取了长安，
宫殿上生满了野草。
看到五陵的树木真伤心，
也看不到两京的通道。
我皇上在行军，
兵马一天天声势浩浩。
这些胡儿尚未歼灭，
诸将恳请发兵征讨。
昨天听说咸阳战败，
被杀戮净尽如扫。
尸体堆得像山丘，
流血涨满了丰镐。
战争使人回不了乡国，
让豺虎充斥于城堡。
村落都见不到人，
萧条地空有桑枣。
儒生本有良策，
无处施展怀抱。
孤独的伤时之人，
只有举头号啕对着苍昊。

行军九日思长安故园

这首诗写的是作者在凤翔行营冷冷清清过重阳的感受。按习俗重九是必须登高、饮酒、赏菊花。人在军营,登高是可以的;可是无酒,更无菊;故园虽有,却已沦为战场,有家不能回。所以此诗不是一般的重九登高诗,表现的不仅仅是“每逢佳节倍思亲”的思乡之情,更有着对国事的忧虑和对民生的关切。

强欲登高去，无人送酒来①。

遥怜故园菊，应傍战场开②。

【翻译】

勉强地登高去，

没有人送酒来。

遥怜那故园的菊花，

应是依傍着战场开。

① “无人”句：化用东晋江州刺史王弘给陶渊明送酒的典故。据《宋书·陶潜传》记载，陶渊明有一年的重阳节无酒饮，只是在宅边的菊花丛中坐着，恰好江州刺史王弘派人送酒来，即便就酌，大醉方归。 ② 战场：本诗原有注云：“时长安未收。”指明长安仍陷于叛军手中，随时都会发生战斗，故园成了战场。

奉和中书贾至舍人早朝大明宫

岑参于至德二载冬天随肃宗回到长安，仍任右补阙。岑的诗友贾至、王维、杜甫等也同时在朝中任职。贾至时任中书舍人，首先写有《早朝大明宫呈两省僚友》，另外三人皆有和作。由于这些诗写出了早朝的庄严肃穆，显示了大唐的气象与声威，在封建社会一向评价很高，认为“四诗皆佳绝”。岑参此诗紧扣题中的“早朝”二字铺写。鸡鸣、曙光、晓钟、星初落、露未干皆言其早，玉阶、仙仗、千官、剑佩、旌旗皆言朝会盛况，威仪万千。这些描写着色艳丽，造语堂皇，雍容华贵，特具风姿。中间二联更见精彩，末二句点明酬和贾舍人诗作之意，话也说得非常得体。

鸡鸣紫陌曙光寒①,莺啭皇州春色阑②。
金阙晓钟开万户③,玉阶仙仗拥千官④。
花迎剑珮星初落⑤,柳拂旌旗露未干。
独有凤凰池上客⑥,《阳春》一曲和皆难⑦。

【翻译】

紫陌上雄鸡高唱曙光寒,
皇州里流莺自啭春色阑。
金阙下晓钟催开了万户,
玉阶前仪仗簇拥着千官。
花朵迎着剑珮晓星刚落,
柳条轻拂旌旗露水未干。
独有凤凰池上之客,
《阳春》一曲唱和真难。

---

① 紫陌:京城的道路。 ② 皇州:京城。阑:尽。 ③ 金阙:金碧辉煌的宫殿,此指大明宫。 ④ 玉阶:宫殿的台阶。仙仗:皇帝的仪仗。 ⑤ 剑珮:系于剑柄上的饰物。珮,同"佩"。星初落:晓星刚落,即天刚亮。 ⑥ 凤凰池:亦称凤池。本为禁苑中的池沼,掌管机要的中书省设在那里,故以凤凰池为其代称。客:指贾至。 ⑦《阳春》:即指古乐曲《阳春白雪》,属高级曲调,能和唱的人很少。这里借以指贾至的诗。

寄左省杜拾遗

这是写给杜甫的诗。岑参与杜甫在乾元元年同在朝中供职，杜甫任左拾遗，属门下省，居左署，称左省；岑参任右补阙，属中书省，居右署，称右省。拾遗、补阙都是谏官，品秩不高，但得以置身皇帝左右，向称清贵。岑参在任职期间由于敢言直谏，指摘权佞，受到一些显官贵人的排挤，得不到重用，因此逐渐产生了失望情绪。此诗即为向老朋友倾吐自己的这种苦衷。前四句描述朝官的随班进退，措词华贵，后四句则是委婉地吐露自己的心声。

联步趋丹陛①，分曹限紫微②。
晓随天仗入③，暮惹御香归④。
白发悲花落，青云羡鸟飞。
圣朝无阙事⑤，自觉谏书稀⑥。

【翻译】

同在丹陛步趋，
分曹紫微东西。
拂晓随着天仗进入，
日暮沾着御香返归。
对着落花我悲叹早生白发，
望着青云我羡慕鸟儿高飞。
圣明之朝没什么遗阙，
自己觉得谏书日稀。

---

① 丹陛：陛为宫殿的台阶，因红色故称丹陛。 ② 分曹：指分部门办公。紫微：古人以紫微星垣比喻皇帝居处，此指朝会时皇帝所居的宣政殿。中书省在殿西，门下省在殿东。③ 天仗：即仙仗，皇帝的仪仗。 ④ 御香：朝会时殿中焚香。⑤ 阙事：过失、错误。 ⑥ 谏书：进谏的奏章。

早秋与诸子登虢州西亭观眺

乾元二年(759)五月,岑参出为虢州长史。唐时的虢州治所在弘农,即今河南灵宝。到任以后,他总感到州县琐事多,不如朝官清闲,所以常约朋友到郊野登临游赏。这首诗就记下了一次与友人登西亭的活动。西亭又名西山亭子,在虢州城西山上。诗中的"出鸟外"、"与云齐"、"千家小"、"万岭低"都是从不同的角度直写其高。残虹、急雨、青壁、瓜田、绿溪,都是写高处见到的景物,从而构成一幅高险而优美的图画。末尾的望乡之举,说明他来到虢州是出于不得已,是一种典型的"云山欣满目,州县非宿心"的情怀。

亭高出鸟外，客到与云齐。
树点千家小，天围万岭低。
残虹挂陕北①，急雨过关西②。
酒榼缘青壁③，瓜田傍绿溪。
微官何足道，爱客且相携④。
唯有乡园处⑤，依依望不迷。

【翻译】

西亭高得鸟飞不上，
客人登上亭子已与云齐。
树木成点千家尽小，
天围田野万岭皆低。
残存的彩虹挂在陕北，
急骤的秋雨飘过关西。
青壁挂着酒榼，
瓜田傍着绿溪。
微官何足称道，

---

① 陕北：陕州（治所在今河南陕县）以北。 ② 关西：古函谷关（在今河南灵宝）以西。 ③ 酒榼（kē 科）：古代盛酒器。青壁：青色的山崖。 ④ 爱客：友爱的客人，即好友。 ⑤ 乡园：此指长安。

爱客且自相携。
只有故乡所在之处，
使人依依远望不迷。

虢州后亭送李判官使赴晋绛

此诗作于虢州长史任上，时在乾元二年(759)至上元二年(761)之间。李判官要出使晋州与绛州①，这两个地方都临汾河，所以诗人记起汉时武帝泛舟汾河，与群臣饮宴，高唱“秋风起兮白云飞”的故事。进而想到当年汉武帝的文治武功泽被后世，而本朝开元天宝盛日却一去不复返，于是建议朋友去看看汾河上的白云是否像汉时的秋天那样悠闲自在，以此深婉地表示对唐朝衰落的惋惜。就因为这种深意，为这首普通的送行诗平添许多光彩。

① 晋州：治所在今山西临汾。绛州：治所在今山西新绛。

西原驿路挂城头①，客散红亭雨未休②。

君去试看汾水上③，白云犹似汉时秋？

【翻译】

沿山通往西原的驿路像挂在城头，

红亭里客散，雨还没有停收。

此去您不妨到汾水上看看，

秋天的白云是否还像汉时那么悠悠？

① 西原：地名，在原虢州城附近，今灵宝城西南。 ② 红亭：指虢州后亭，当是涂有红漆，故称。 ③ 汾水：发源于山西宁武，流经山西中部。

卫节度赤骠马歌

卫节度就是卫伯玉，原为安西将领，安史乱起，兴师靖难，任四镇、北庭行营节度使，转神策军节度使。他有一匹赤黄色带白斑的马，即所谓赤骠马，颇有名气，岑参即赋诗赞颂。作诗地点当在虢州，时间约在乾元二年（759）末至广德元年（763）初。诗中先以画家难以描摹总摄全篇，然后从马的装饰与气度，奔腾的速度与姿态，人们的爱赏，为主人增光等不同的角度着力描绘，有实写，有虚写，有静写，有动写，写出了此马的威武雄姿与不凡气概。全诗四句一换韵，平仄韵相间，音调富于变化而又连续自然，是一篇颇有特色的作品。

君家赤骠画不得，一团旋风桃花色。红缨紫缰珊瑚鞭①，玉鞍锦鞯黄金勒②。请君鞴出看君骑③，尾长窣地如红丝④。自矜诸马皆不及，却忆百金初买时。香街紫陌凤城内⑤，满城见者谁不爱？扬鞭骤急白汗流⑥，弄影行骄碧蹄碎⑦。紫髯胡雏金剪刀⑧，平明剪出三骔高⑨。枥上看时独意气，众中牵出偏雄豪。骑将猎向南山口，城南狐兔不复有。草头一点疾如飞⑩，却使苍鹰翻向后⑪。

---

① 缨：套在马颈上的革带。珊瑚鞭：饰以珊瑚的马鞭。 ② 玉鞍：饰以美玉的马鞍。鞯（jiān 肩）：衬托马鞍的垫子。勒：带嚼口的马笼头。 ③ 鞴（bèi 贝）出：装备好马具。鞴，把鞍辔等套在马上。 ④ 窣（sū 苏）：拂、垂。 ⑤ 香街紫陌：指京城的街道。凤城：京城。相传秦穆公的女儿弄玉吹箫作凤鸣，凤凰为之聚集京城咸阳，后即称京城为凤城或丹凤城。 ⑥ 白汗：古称不因天热而因心情紧张或运动激烈而流汗为白汗。 ⑦ 弄影：指奔跑的各种优美动作。碧蹄：指马蹄外壳的颜色呈碧色。碎：指蹄声细碎。马跑快蹄声必细碎。 ⑧ 紫髯胡雏：指长着紫红色颊毛的北方少数民族的马童。 ⑨ 骔（zōng 宗）：同“鬃”，马颈上的长毛。三骔：将马鬃修成三瓣花的形状，俗称三花马。 ⑩ 草头：即草地上。马快跑时，四蹄轻轻点地就蹦得老远，仿佛是点草而飞。 ⑪ 苍鹰：指猎鹰，古人打猎总是走马与放鹰并举。

忆昨看君朝未央①，鸣珂拥盖满路香②。始知边将真富贵③，可怜人马相辉光。男儿称意得如此，骏马长鸣北风起。待君东去扫胡尘，为君一日行千里！

【翻译】

您家的赤骠马画家画不出，
它像一团桃花色的旋风。
红缨紫缰配上珊瑚鞭，
玉鞍锦鞯套上金马勒。
看您亲自装备马具看您骑，
马尾拂地如红丝。
您自夸任何的马比它都不及，
却回忆用白金初买时。
走过香街紫陌在凤城内，
满城里见到它的谁不爱。
鞭子扬急见白汗在流，
弄影身矫听碧蹄声碎。

---

① 未央：汉宫名。此借以指唐宫殿。② 鸣珂：古代富贵人家的马常以玉为饰，行时作响，谓之鸣珂。后世常以鸣珂作为马的代称。珂，如玉的美石。拥盖：持掌着华盖。古代大官出行时以华贵的伞盖为仪饰。③ 边将：指卫伯玉。卫伯玉曾任安西将领。

紫髯的胡儿拿着金剪刀，
清晨剪出三花马鬃高。
马槽里看它独意气，
众人前牵出最雄豪。
骑上它打猎到了南山口，
城南的狐兔就不再有。
在草头上一点就快如飞，
却使苍鹰反落后。
想起往日您朝未央，
鸣珂华盖满路飘香。
才知道身为边将真富贵，
可爱的是人与马相互辉光。
男儿称心如意当如此，
骏马在长鸣北风起。
等您东去扫胡尘，
再为您一日行千里。

刘相公中书江山画障

这是一首题画的诗，题的是当时宰相刘晏在中书省办公地方所设置的一幅大型山水画障。刘晏以善于理财著称，广德元年(763)正月拜相，第二年正月罢相，此诗作于这一年内无疑。首四句对画的总印象加以夸赞，后面即对画屏上的山水景物作具体描摹。潇湘、庐壑、云彩、山峰、明月、孤帆、岩花、涧草，应有尽有，可见出这幅画的宏大气魄。后八句则是从画的内容揣测刘相公有功成身退的意向，希望他为老百姓着想不要离开朝廷。这实是对刘晏的奉承，只是较为委婉而已，岑参的咏物诗大都加了这类尾巴。

相府征墨妙[1]，挥毫天地穷[2]。始知丹青笔[3]，能夺造化功[4]。潇湘在帘间[5]，庐壑横座中[6]。忽疑凤凰池[7]，暗与江海通。粉白湖上云，黛青天际峰。昼日恒见月，孤帆如有风。岩花不飞落，涧草无春冬。担锡香炉缁[8]，钓鱼沧浪翁[9]。如何平津意[10]，尚想尘外踪。富贵心独轻，山林兴弥浓。喧幽趣颇异[11]，出处事不同[12]。请君为苍生，未可追赤松[13]。

【翻译】

相府里边求墨妙，

捉笔挥写天地穷。

① 墨妙：美妙的画。 ② 天地穷：天地间的景物被画穷尽。 ③ 丹青笔：即画笔。 ④ 造化功：大自然创造、化育万物的功力。 ⑤ 潇湘：潇水与湘水本是湖南境内的两条江，潇水在零陵流入湘水，世称潇湘。此句指画着潇湘的一段障与屋内帷帘相连。 ⑥ 庐壑：庐山的山谷。此句言画着庐壑的一段障横放在座位前面。 ⑦ 凤凰池：中书省的代称。 ⑧ 担锡：荷着锡杖。锡杖为佛教法器。香炉：指庐山的香炉峰。缁：黑衣服。僧人服缁衣，后世即作为僧人的代称。 ⑨ 沧浪：水名。 ⑩ 平津意：宰相的意愿。汉武帝时，公孙弘为丞相，被封为平津侯。此后汉代凡非列侯为丞相者，必补封侯爵。 ⑪ 喧幽：喧闹与幽静。 ⑫ 出处：指进与退，出仕与归隐。 ⑬ 赤松：即赤松子，古代传说中的所谓仙人。

才知画家的丹青笔，
能够巧夺造化功。
潇湘二水在帘间，
庐山丘壑横座中。
我忽然怀疑这凤凰池，
暗里是与江海相通。
粉白色是湖上的云朵，
黛青色是天际的山峰。
白天可以常见月，
孤帆仿佛正有风。
山岩上的花不飞落，
山涧里的草无春冬。
荷着锡杖的是香炉峰的缁徒，
钓着鱼的是沧浪水的老翁。
如何您宰相的志愿，
还想念去这尘世之外寄踪。
是富贵之心独轻，
是山林之兴更浓。
喧闹与幽静志趣各异，
仕宦与退隐选择不同。
请您为百姓着想，
不要去追随那赤松。

早上五盘岭

大历元年(766)二月,宰相杜鸿渐兼任山南西道、剑南东西川副元帅,剑南西川节度使,赴蜀平乱。杜表岑参为职方郎中,兼侍御史,列入幕府,一同入川。四月由梁州入蜀,此诗即作于入蜀途中。五盘岭,又名七盘岭,以道路盘折难登得名,在今四川广元东北,与陕西交界,为古时川、陕间的交通要道。诗中写的是初夏早晨的高山景物,由此可以想见其行程艰难,然而诗中并没有表现出丝毫愁苦之态。岑此时已五十二岁,尚保持这种积极的乐观精神,诚为可贵。

平旦驱驷马①，旷然出五盘。
江回两岸斗，日隐群峰攒②。
苍翠烟景曙，森沉云树寒③。
松疏露孤驿，花密藏回滩。
栈道溪雨滑④，畬田原草干⑤。
此行为知己⑥，不觉行路难。

【翻译】

大清早驱上驷马，
旷然地出了五盘。
江流迂回两岸如相斗，
太阳未出群峰交相攒。
苍翠的烟景渐曙，
森沉的云树犹寒。
松林疏处露出了孤驿，
花草密处隐藏着回滩。

---

① 平旦：清晨。驷马：四匹马驾的车，此疑指作者骑的马。② 攒(cuán 窜阳平)：聚集。③ 森沉：阴森绵缈。④ 栈道：在悬崖绝壁上凿孔架设的悬空小道。⑤ 畬(shē 奢)田：高山地带多焚烧地里草木做肥料，即所谓刀耕火种。以这种方法耕作的田地叫畬田。⑥ 知己：理解、重用自己的人，此指杜鸿渐。

栈道经溪雨很滑，
畲田里杂草已干。
此次入川是为了知己，
也就不觉行路艰难。

赴犍为经龙阁道

此诗为大历元年(766)随杜鸿渐入蜀,途经龙阁道时所作。先一年(永泰元年)十一月岑参已被委任为嘉州刺史,因蜀中内乱未能赴任,朝廷也未收回成命,所以诗中仍称此行为赴嘉州刺史任。犍为,即犍为郡,也即嘉州,治所在今四川乐山。龙阁道,即龙门阁,在今四川广元东北,是蜀道上最险的栈道之一。诗也就集中写其险绝。

侧径转青壁①,危桥透沧波②。
汗流出鸟道③,胆碎窥龙涡④。
骤雨暗溪谷,归云网松罗⑤。
屡闻羌儿笛⑥,厌听巴童歌⑦。
江路险复永⑧,梦魂愁更多。
圣朝幸典郡⑨,不敢嫌岷峨⑩。

【翻译】

小径转过青壁,
危桥跨过沧波。
汗流得很多走出鸟道,
胆差点碎了来窥龙涡。
急雨暗了溪谷,

---

① 侧径:在山崖的侧面开凿出的栈道。青壁:长满苔藓青草的峭壁。 ② 危桥:悬架在江面上的栈道。透:通过。 ③ 鸟道:只有鸟才能飞过的路,形容道路高险难走。 ④ 龙涡:大的漩涡。 ⑤ 归云:山中傍晚的云。松罗:一名女萝,地衣类植物,常寄生在松树上,成丝状,蔓延下垂。 ⑥ 羌儿笛:羌人吹的笛,即指羌笛。 ⑦ 巴:今四川东部一带为古巴国故地,后沿称此地区为巴。 ⑧ 永:长。 ⑨ 圣朝:封建社会对当代王朝的美称。典郡:主管州郡,指自己被派任为嘉州刺史。 ⑩ 岷峨:岷山、峨眉山。这里借以泛指蜀中山川险峻,行旅艰难。

归云笼罩松萝。
不时传来羌儿的笛声，
一再听厌巴童的歌。
这江路既险又长，
梦魂生愁更多。
圣朝有幸前往典郡，
不敢有嫌岷峨。

江上阻风雨

此诗大概是大历二年(767)六月从成都赴嘉州刺史任,船在岷江上为风雨所阻时写的。诗中描绘了夏天暴风雨在江上的肆虐。作者对此视若等闲,也是一种豪迈的襟怀。

江上风欲来①,泊舟未能发。
气昏雨已过,突兀山复出②。
积浪成高丘,盘涡为嵌窟③。
云低岸花掩,水涨滩草没。

① 江:从成都至嘉州走水路,当从岷江顺流而下。 ② 突兀:高耸的样子。 ③ 嵌窟:深陷的洞穴。

老树蛇蜕皮，崩崖龙退骨①。
平生抱忠信，艰险殊可忽②。

【翻译】

江上的大风将要来临，
停泊的船不敢出发。
气昏雨势已过，
高耸的群山重新现出。
积浪堆成高丘，
盘涡旋成嵌窟。
云低把岸边的花掩盖，
水涨把滩上的草浸没。
老树像蛇般蜕皮，
崩崖似龙般退骨。
平生抱守忠信，
艰险的路途大可轻忽。

① 龙退骨：古代有龙千年到仙山蜕骨一次的传说，退即蜕，指脱出骨头。 ②“平生”两句：《说苑·杂言》说孔子观于吕梁，悬水四十仞，圜流九十里，而一丈夫自言凭忠信就能出入自如。

登嘉州凌云寺作

凌云寺在嘉州城即今四川乐山市东凌云山上。此山在岷江、青衣江、大渡河的汇合处，景观极佳，从开元年间就在其西壁开凿举世闻名的乐山大佛。岑参于大历二年(766)六月抵达嘉州后不久即登寺观览，写下此诗。诗从三方面写它的独特景色：一写其高不可攀，二写其登高望远，三写其山色迷濛。所谓辞官、割俗缘之说，大半是游佛寺的应景话而已。

寺出飞鸟外，青峰戴朱楼。搏壁跻半空①，喜得登上

---

① 搏：抓取，此指攀附。跻(jī 基)：登上。

头。始知宇宙阔，下看三江流①。天晴见峨眉，如向波上浮。迥旷烟景豁②，阴森棕楠稠③。愿割区中缘④，永从尘外游。回风吹虎穴⑤，片雨当龙湫⑥。僧房云濛濛，夏月寒飕飕。回合俯近郭⑦，寥落见远舟⑧。胜概无端倪⑨，天宫可淹留。一官讵足道⑩，欲去令人愁⑪。

【翻译】

佛寺高出鸟飞之外，

青峰顶安戴上这朱楼。

峭壁攀援直上半空，

很高兴地登到了最上头。

到此地方知道宇宙的广阔，

往下看可看到三江在汇流。

天晴时还看到峨嵋山，

好像就在水波上飘浮。

---

① 三江：指岷江、青衣江、大渡河。嘉州正处于这三条江的汇合处。② 豁：开朗。③ 棕楠稠：棕榈树、楠树长得繁茂稠密。④ 区中缘：世上的人事关系。区中，即人世间。⑤ 回风：旋风。⑥ 片雨：范围不大的雨，此指瀑布飞溅。湫(qiū秋)：深潭。⑦ 回合：回环交错。⑧ 寥落：疏稀。⑨ 胜概：美丽的景色。端倪：边际。⑩ 讵：岂。⑪ 去：离开，此指辞官。

旷远烟景开豁，
阴森棕楠丛稠。
愿意割断人间俗缘，
永远作尘外之游。
回风吹进虎穴，
片雨洒向龙湫，
僧房云雾濛濛，
夏日寒气飕飕。
低头看到近处回合的城郭，
抬头看到远处寥落的行舟。
胜景没有边际，
天宫可以淹留。
区区一官又何足道，
要离去真令人生愁。

秋夕听罗山人弹三峡流泉

这是一首描写音乐的诗，当作于任嘉州刺史时。罗山人，名不详，是一个老隐士。《三峡流泉》是一首古琴曲，相传为晋阮咸所作。诗从四个方面着笔。一是直接描写曲调所表现的景物，如流泉的呜咽、潺湲，三峡的雨飘、猿啼。二是将曲中表现的景物与演奏时的环境结合在一起，以衬出其琴技的高妙。三是凭着丰富的想象将曲调的感人心、泣鬼神的效果形象化，如“楚客肠欲断，湘妃泪斑斑”。四是将弹琴人的形象与听琴人的感受写进去，以渲染气氛，如抚琴人的苍老，听琴人的惆怅。写这么一个老隐士，在一个秋天的夜晚，对着一个多愁善感的知音，演奏这样一首古曲，其情调必然是凄清幽怨的。

皤皤岷山老[①]，抱琴鬓苍然[②]。衫袖拂玉徽[③]，为弹三峡泉[④]。此曲弹未半，高堂如空山。石林何飕飗[⑤]，忽在窗户间。绕指弄呜咽[⑥]，青丝激潺湲。演漾怨楚云[⑦]，虚徐韵秋烟[⑧]。疑兼阳台雨[⑨]，似杂巫山猿。幽引鬼神听，净令耳目便。楚客肠欲断[⑩]，湘妃泪斑斑[⑪]。谁裁青桐枝[⑫]，揠以朱丝弦[⑬]。能含古人曲，递与今人传。知音难再逢，惜君方老年。曲终月已落，惆怅东斋眠。

---

① 皤皤（pó 婆）：头发斑白的样子。 ② 苍然：鬓发花白。 ③ 玉徽：玉制的琴徽。琴面上指示高低音位的标志谓之琴徽。 ④ 三峡泉：即《三峡流泉》。 ⑤ 飕飗（sōu liú 搜留）：风声。 ⑥ 绕指：灵活、轻柔的指头。 ⑦ 演漾：流动起伏。 ⑧ 虚徐：舒缓、从容。 ⑨ 阳台：传说是神女所居，实无其地。宋玉《高唐赋》："妾在巫山之阳，高丘之阻，旦为朝云，暮为行雨，朝朝暮暮，阳台之下。" ⑩ 楚客：沿"幽引鬼神听"而来，此指屈原，屈原被放逐于沅湘流域，投汨罗而死。 ⑪ 湘妃：湘水女神，相传舜之二妃在舜死后，号泣于湘江边，泪洒竹上，留下斑斑泪痕。不久投湘水而死，成为水神，这当然是个神话。 ⑫ 青桐：即梧桐，因木质轻而坚韧，为古时制琴材料。 ⑬ 揠：同"亘"，横亘的意思。指将琴弦绷于琴身。

【翻译】

一个头发斑白的岷山老者，
抱着琴两鬓苍然。
衫袖拂着白玉琴徽，
为我弹奏《三峡流泉》。
这曲尚未弹到一半，
高堂上就像一座空山。
石林风声飕飗，
忽然来到窗户之间。
绕着手指拨弄出琴声呜咽，
青丝弦上激发出水声潺湲。
飘荡好似含怨的楚云，
虚徐体现多韵的秋烟。
怀疑兼有阳台飘雨，
好似夹杂巫山鸣猿。
幽静引得鬼神伫听，
明净令人耳目舒便。
楚客愁肠欲断，
湘妃泪痕斑斑。
是谁裁下了青桐树，
绷上了朱丝弦。
能含古人之曲，

给今人世代相传。
知音本不易再逢，
可惜您已老年。
曲子奏完月已落，
惆怅且回东斋眠。

巴南舟中夜书事

大历三年(768)七月,岑参被免去嘉州刺史后,即沿江东下,准备经汴河北归,然而途中遇盗受阻,不得不折回成都。此诗即作于东归途中,遇盗以前。巴南,泛指四川南部;书事,即记事,即景抒怀。前四句写尽了渡口的黄昏景色,后四句着意写思乡之情。

渡口欲黄昏,归人争渡喧。
近钟清野寺①,远火点江村。
见雁思乡信,闻猿积泪痕。

---

① 野寺:位处荒野的佛寺。

孤舟万里夜，秋月不堪论[①]！

【翻译】

渡口快要进入黄昏，
归家的人争着渡河喧闹不停。
清亮的钟声来自近处的野寺，
点点渔火闪烁在远处的江村。
看到雁飞，想起家中久无音信，
听到猿鸣，衣衫上就留下了泪痕。
孤舟夜泊在万里之外，
只身对着秋月哪有好的心情。

① 不堪论：不堪谈说。

山房春事(二首)

山房就是营造于山野的房舍、别墅。春事指的是春色、春光。这两首诗虽然都与春事有关,但内容与情调很不一致,不可能是同一时间的作品,不能算作组诗,只是编辑者的凑合。

第一首切合题意,写的是浓郁的春光充天塞地,不仅山野处处万紫千红,连山房书屋都被蜂蝶花木占领。这在一定程度上反映出作者对生活的热爱,对前途充满信心。

第二首看似吊古,实为感时。所写的梁园故地在安史乱中破坏严重,十室九空,百物萧条,前二句就是写的这种凄凉景象。后二句写物是人非的感慨,但不直接表露,而从对面翻出，说庭树不知人事的变化，仍然开花如旧。感情极为沉痛，出语却极含蓄。这种独特的构思极富表现力，后世袭用者颇多。

其　一

风恬日暖荡春光①，戏蝶游蜂乱入房。
数枝门柳低衣桁②，一片山花落笔床③。

【翻译】

风和日暖荡漾着春光，
戏蝶游蜂乱闯进房。
门前的几条柳枝低拂着衣架，
一片山花落上了笔床。

① 恬：柔和。 ② 衣桁（héng 横）：挂衣服的横木，犹今日的衣架。 ③ 笔床：古时放毛笔的特制文具。明屠隆《文具雅编》："笔床之制，行世甚少。有古鎏金者，长六七寸，高寸二分，阔二寸余，如一架然，可卧笔四矢。"

其　二

梁园日暮乱飞鸦，极目萧条三两家①。
庭树不知人去尽，春来还发旧时花。

【翻译】

黄昏的梁园乱飞着乌鸦，
极目萧条只见到两三户人家。
庭院中的树木不知主人都已离去，
春天来到仍和往年一样开花。

① 极目：尽目力所及。

《古代文史名著选译丛书》编纂始末①

马樟根　安平秋

今年1月,《古代文史名著选译丛书》已经出到100种101册(其中《史记》为2册)。4月份,最后的33种也已交稿。这样,全书133种即将呈献在读者面前。② 一项服务当前、造福子孙的普及优秀古代文化、进行爱国教育的大工程将宣告完工了。回想

①《古代文史名著选译丛书》由全国高校古籍整理研究工作委员会主持,古委会直接联系的18个古籍整理研究所为主要承担机构,章培恒、安平秋、马樟根任主编。本文于1992年4月,在《中国典籍与文化》杂志发表时题目是《衣带渐宽终不悔——〈古代文史名著选译丛书〉编纂始末》。这次将此文作为2011年修订版附录时,去掉原正标题,以原副标题为正式题目。 ② 至1994年4月最后定稿时,全书为135部。2011年修订版出版时,全书为134部。

这一套丛书动员18所院校，投入100余人，从1985年筹划，1986年起步，到今天已度过了六七年的岁月，个中甘辛令人难以忘怀。

一、北大·苏州·北大

——酝酿与筹划

编纂这样一套丛书，起因于1981年7月。当时陈云同志派人到北京大学召开了小型座谈会。来人告诉与会人员陈云同志最近在考虑两个问题：一个是粮食，一个是古籍整理。对古籍整理，特别讲到陈云同志说："整理古籍，为了让更多的人看得懂，仅作标点、注释、校勘、训诂还不够，要有今译，争取做到能读报纸的人多数都能看懂。有了今译，年轻人看得懂，觉得有意思，才会有兴趣去阅读。今译要经过选择，要列出一个精选的古籍今译的目录，不要贪多。"这就是后来收入《陈云文选》的那段话。1981年9月，中共中央关于整理我国古籍的文件中一字不差地强调了这段话。1983年，教育部成立了全国高校古籍整理研究工作委员会（简称古委会）。古委会主任周林同志根据中央和陈云同志意见，提出了组织力量今译古籍。但在当时，经过"文革”后的古籍整理工作百废待兴，加之一些学者对今译重要性的认识远非今日之深，这一工作一拖便是两年。

1985 年 5 月，全国高校古委会在苏州召开了一届二次会议。周林同志在会上作了“人才培养和古代文化遗产普及问题”的专题发言，他分析了“解放三十多年来，由于‘左’的路线干扰，特别是‘文化大革命’，几乎使我们的民族文化到了中断的边缘，出现了对古代文化知之不多，或知之甚少的状况”，要教育界的同志“做好普及古代文化知识的工作”，搞好古籍的今注今译就是其中的一项重要任务，“高校古委会要在这方面多下功夫”，“高校古籍研究所无疑应担负起这个任务”。他针对当时一些人轻视古籍的今注今译思想，呼吁“我们对于选本、今译等有利于教育普及的东西，应承认它的学术价值”，“《昭明文选》、《唐诗三百首》、《古文观止》等是地道的选本，流传几百年，发生那么大的影响，能说没有水平？”“专家们深入浅出的在对古文献研究基础上的译注，对普及古代优秀文化作出重大贡献，算不算高水平的成果呢？”“古文既要译得恰当、准确，又要通畅易懂，难度是很大的”，“为了社会主义精神文明建设，古籍整理这方面也要作出应有的贡献”。一石激浪，沉寂了几年的今译古籍的话题又重新活跃起来。会上作了一番认真讨论。

经过这样的酝酿，1985 年 7 月，全国高校古委会科研项目评审组的专家们聚集在北京大学勺园，筹划编纂一套古籍今译的精选本。初步定名为《古籍今译丛书》，议定了收书范围、内容，开列了 65 种书的选目。并决定由科研项目专家评审组召集人、复旦大学古籍所所长章培恒教授和参加过陈云同志在北大召开座谈会、当时古委会主管科研工作的副秘书长安平秋同志共同负责，与秘书处同志一起具体筹划。经几个月的筹备，决定由古委会直接联系的 18 个高校古籍研究所承担这一工作，组成编委会，并开列出 89 种书的选目，对选译的进度、规划亦作了设计。此时，几家出版社闻讯而至，表示愿意出版这套丛书。最早与我们联系的巴蜀书社的段文桂社长以其强烈的事业心和对古籍今译的高度重视感动了我们，于是决定邀请巴蜀书社编辑参加第一次编委会议。

二、从柳浪闻莺到桂子山上

——第一批书稿的产生

第一次编委会于 1986 年 5 月在杭州柳莺宾馆

召开。宾馆因位于西湖十景之一的柳浪闻莺而得名。全国高校18个研究所的24名学者和有关人员聚集在这风景胜地，无心观柳，亦无从闻莺，紧张地工作了三天。会上确定了这套普及读物的读者对象是具有中等以上文化程度的广大群众，收书范围是中国历代文史名著，在名著之中选精。所选书目，在原拟89种基础上，调整为116种，以形成系统性。书中选篇之下分提示、原文、今译、注释四部分，以译文为主，书前有一前言，书中加入必要的插图。每一种书约10—15万字。书名确定为《古代文史名著选译丛书》。即由到会的24位学者组成丛书编委会①，由章培恒、马樟根、安平秋三人任主编。于是，编委会立即分成三个工作小组，在会上分头拟出丛书《凡例》、《编写、审稿要求》和《文稿书写格式》，经讨论修改而形成了正式文字以供遵循。在

① 编委会成员按姓氏笔划排列为：
马樟根　平慧善　安平秋　刘烈茂　许嘉璐　李国祥
金开诚　周勋初　宗福邦　段文桂　董治安　倪其心
黄永年　章培恒　曾枣庄(以上为常务编委)
王达津　吕绍纲　刘仁清　刘乾先　李运益　杨金鼎
曹亦冰　常绍温　裴汝诚(以上为编委)

自报的前提下，会上确定了由18个研究所承担前40部书的今译任务，要求当年年底完成。古委会主任、丛书顾问周林同志对编委会的认真精神、紧张工作和显著效率十分赞赏，他说："有这样一个编委会，有这样一个阵容来做选译，使中国历史文化不成为专属于少数人的知识，使能看报纸的人都读懂自己民族的名著，从而树立爱国主义、建设有民族特色的精神文明，其意义之深远将会在今后愈益显露出来。"于是，有1000余万字的大工程便从这里开始了。

当年年底各研究所的今译书稿经作者完成后，由在该所的编委审改，到1987年5月和7月，先后在复旦大学、北京大学两次召开编委审稿会。这种审稿会，说是审稿，实际上是边审边改，字斟句酌，每部书稿必须经一位编委、一位常务编委审改把关，经过这样两道工序，汇总到主编手中，40部书稿通过了25部。其中部分书稿赶印了样稿征求意见。于是周林同志于7月6日在北大临湖轩邀请了在京十几位专家与正在审稿的编委一起研究样稿，探讨如何提高这套今译丛书的质量。

根据编委审稿发现的问题和在京专家们的意

见，丛书亟需在已定体例的框架中条列细则；而出版单位巴蜀书社又希望所出版的第一批书为50种以便形成格局，需要布置各研究所承担新的今译任务。这样，1987年10月在华中师范大学再次召开了编委会，又请了詹锳、周振甫、刘乃和、郭预衡等先生到会指导。

这次编委会是在审看了40部书稿后，发现了一大批问题亟待解决，又是在需要布置下一步任务的状况下召开的，是一次承上启下的编委会。会议初期人们的心情和会上的气氛都带有一股子严峻与急切。会议从5日到8日开了三天半。但是在4日晚上开预备会的时候，主编章培恒先生尚未到会，亦无他是否已从上海出发的信息。5日上午就要开会了，主编不到怎么行呢？5日一早，我们还在沉睡之中，忽听有人敲门，进来的竟是章培恒！一向风神儒雅、衣装考究的章培恒先生，此时却是一身尘灰、满脸疲惫地站在我们面前。原来他从上海出发前，未能买到机票或船票，而上海到武汉又没有直达火车，只好先从上海坐火车到长沙，为了不误5日上午开会，他只好买了一张无座票，夜间从长沙出发一直站到武昌。一向走路辨不清方向的章培恒竟然在夜色未退之前一人从车站摸到了华中师大专家楼，也算是奇迹。

这次编委会，从体例的具体要求、书中选篇是否合适、每篇中的提示如何写、注释的繁简和语言的通俗性，到今译的信达雅如何把握，例如李白的“床前明月光，疑是地上霜，举头望明月，低头思故乡”这样通俗的诗是否要翻译，在在都有热烈的争论。感谢编委们的努力和学术判断力，最后终于形成了一个《细则》，一切争论都统一在这个《细则》之上。编委们在思想明确、分得新的任务之后，显出了少有的轻松与喜悦。会议结束正逢中秋节，华中师大的专家楼坐落在武昌桂子山上。入夜，桂子山上举行了赏月茶会，几张方桌，围坐着全体编委和特邀到会专家。天上明月如盘，清辉洒地，眼前桂树葱茏，桂花飘香，华中师大古籍研究所的青年们活跃席间，引得王达津先生即席赋诗，刘乃和先生清唱京戏。这气氛预示着《古代文史名著选译丛书》克服了当前的困难，第一批50种书稿有如母腹中的胎儿，快要降生了。

三、华清池畔的愁云与人民大会堂的欢欣

——第一批书出版的柳暗花明

1988年10月，编委们再一次聚会，审定第一批

50种中的最后十几部书稿、修改第二批50种中的大量书稿。这次审稿是在“东枕华山、西拒咸阳”的骊山脚下、华清池滨的一家招待所。这里古朴而不豪华，食宿低廉却又实惠，审稿之余，左近有风景可观，有古迹可寻，房内有43℃的温汤沐浴，编委们平日在校教学、科研工作劳累而生活清苦，如今有这样的环境与条件，感到少有的惬意。我们作为主编觉得这也是对编委们两年来辛勤编书的一点补偿。但这种适意之感很快就被两件事所驱散。一件事是书稿的质量。几十部书稿交来，一经审看，从注译到体例完全合格的只有寥寥可数的三四部，余下的，或需小改，或需大改，或根本不合格需退回重作。另一件事是出版发行成了问题。到会的巴蜀书社副社长黄葵同志向大家通报了即将印出的16本书征订情况，最多的为2000册，且只有一种，其他的只有800册、600册，甚至还有200余册。征订不佳，销路不畅，出书要赔钱，出版社为难，编委们又无计可施。此时哪还有心思去观赏“骊山云树郁苍苍，历尽周秦与汉唐”？也无心绪登上骊山，在烽火台前怀古。且正值“楼台八月凉”的节令，只有华清池畔秋雨飘零，秋风瑟瑟，落叶满地，不禁愁从中来。

愁则愁，还得面对现实。书稿质量不高，靠到会近20位编委十余天的逐字逐句修改，终于改定合格17部。至于出版发行问题，巴蜀书社的朋友费心经营，重新设计了封面，改进装帧，将第一批50种装成一个大礼品盒，成盒出售。从中又得到了国家新闻出版署、四川省出版局、国家教委有关司局和各省市教委的大力支持与帮助，发行面得以扩大，到了1990年下半年，首印的17000套书销售已尽，而问讯、索购者不绝，出版社决定再印30000套以供读者需要。中央领导了解到这套丛书受到读者欢迎，欣然为丛书题辞，江泽民总书记的题辞是“做好我国古代文史名著的传播普及工作，使其古为今用，以发扬爱国主义精神”，李鹏总理的题辞是“弘扬民族优秀文化，激励爱国主义精神”。李瑞环同志也为丛书题了辞。

1990年8月22日在北京人民大会堂召开了《古代文史名著选译丛书》出版座谈会。国家领导人李铁映、胡乔木、李德生、陈丕显、廖汉生、王汉斌、王光英出席，古委会主任周林同志主持会议，到会各阶层代表在发言中从不同角度肯定了这套书对促进青少年了解历史、了解国情、了解中华民族优秀传统文化、进行爱国主义教育的作用。时值盛夏，却逢喜雨，洗却了编委和出版社同志心中的忧虑，参加大会堂座谈会的13名常务编委会后又聚集在北京大学讨论深入认识编纂这套丛书的重大意义，研究审改好第二批书稿的具体措施。

四、从舜耕山庄耕作到乐山脚下

——第二批书稿审定之艰辛

第二批书稿50种50册，是1987年10月布置的。1988年10月在西安审改合格的17部书稿都已放入第一批中以替换原已通过的第一批中质量较差的书稿。这样，第二批书稿当时余下的已完成的有20余部，却都不合格，只能要求译注者和编委再行修改。一年之后，编委会汇总来重新改好和新译注交来的第二批书稿44部，1989年10月于济南千佛山下的舜耕山庄召开了常务编委审稿会。

这次审稿，发现的问题较多。有的选目不当，如有的史书重要人物的传不选却选入无关紧要而又无学习价值的人物传，有的名家的文章名篇不选却选入既无文学价值又无借鉴意义的篇章。有的选译所依据的底本不当，舍弃现有的精校本却用校勘不善的本子。有的虽有根据地改动正文却只在注释中说“原作……据别本改”，而不指明据何本改。有的注释过繁，不利于一般读者阅读；有的注释极简，该注释的地方不注，使广大读者看了译文仍无法理解全文的精妙；而更多的是注释不准确，对一字一词增字为训而歪曲了原意的毛病也较普遍。译文问题更多，有的语义不清，佶屈聱牙，把“三顾频烦天下计，两朝开济老臣心”译为“三顾茅庐频烦为天下大计，两朝事业开济尽老臣忠心”，有的为追求通俗生动把“君何往”中的“君”译为“老兄”。每篇的提示，有的写得很长变成了文章赏析，有的虽短却不中肯綮，用了类似“文革”期间的语言扣几顶大帽子了事。看这样的稿子都觉头痛，改这样的稿子更感艰难。审稿历时12天，参加审稿、当时63岁的黄永年先生向我们诉苦：“头发掉了一把！”有的编委说，千佛山古称历山，传说舜在这里开垦耕耘，十分艰辛，我们住在舜耕山庄，预示着我们为这套丛书垦荒笔耕，也要历尽千辛。这次审稿，经过审改之后，有10部书稿合格，有11部需会后再作小的修改方能通过，余下的均需作大的改动或另请人译注。

这次审稿还研究了所选戏曲部分的曲辞如何今译问题，如规定了念白中出现的诗句只注不译，上、下场诗只注不译，注而不译的文字在译文中应予保留以便参读。

到1990年12月，丛书常务编委在广州研究丛书如何体现批判继承精神、如何提高第二批书稿质量时，又有18部书稿完成交来。为了保证书稿质量，使1991年上半年召开的常务编委审稿会得以顺利进行，我们三个主编从广州匆匆赶到北京，用了一周时间审看了这18部书稿，通过了7部，11部退改。当我们看完最后一部书稿碰头研究时，已是12月31日。在1990年一年内，我们仅仅通过了这7部书稿。加上1989年在舜耕山庄通过的10部，也仅有17部，尚差33部方足第二批的50部。

1991年5月，常务编委来到古称嘉州的乐山市，在乐山山腰的八仙洞宾馆继续审改第二批书稿。改稿时间只有十天，要力争将50部推出，其繁重可知。我们在改稿过程中，不禁想到明万历年间嘉州知州袁子让的诗句“登临始觉浮生苦”，想到这套丛书从起步到这次审改已历时5年，当初怎么也没有想到完成这套丛书会是如此的艰辛，真是登临始觉笔耕苦啊!

这次乐山审稿,通过了13部书稿。好在余下的20部书稿只须小改即可在会后交稿,终于在1991年8月将这20部书稿全部改定交巴蜀书社。第二批50部历时近四年终于定稿了。

五、在金陵古都作光辉的一结

——第三批书稿的完成

1990年12月据出版社的要求,这套丛书出齐当为150种,到乐山会上又修正为110种至125种,最后数字的确定根据最后一次审稿结果而定,合格的即入选,不合格的不再修改选入。根据这一共识,今年4月中旬,我们一部分常务编委聚集到六朝古都南京,从已经交来的35部书稿中选择经小改合格的书稿。经过十一天的劳作,选择、改定33部,由到会的常务编委、巴蜀书社的段文桂总编和编委、巴蜀书社的刘仁清副编审带回成都,将经由他们的继续辛苦而使《古代文史名著选译丛书》以133部、1500万字之数呈献给热爱中华文化的读者。

这套丛书从1986年5月起步,历时整整六年,平日繁细工作不计,仅编委大小审稿会就开了12次之多。丛书的发起人、顾问、古委会主任周林同志先后参加了8次审稿会,每次都自始至终和大家在一起,听取审稿情况,了解遇到的问题;当我们遇到困难的时候他为我们鼓劲,当我们感到欣喜的时候他提醒我们不可大意。这次他又和我们一起来到虎踞龙蟠的石头城下,为我们督阵,看我们能否为这套丛书作出光辉的一结。

此时此刻,我们与这次会议的东道主、丛书常务编委、南京大学的周勋初先生漫步在中山陵旁,想到今译丛书已基本完成,自然感到如释重负,但理智却使我们不敢轻松,我们期待着全书133部出齐之后专家、读者的评头品足。

1992年4月26日

(原载《中国典籍与文化》1992年第1期)

古代文史名著选译丛书（修订版）总目

丛书主编：章培恒　安平秋　马樟根

书　名	译注者	审阅者	定价/元
老子注译	张玉春　金国泰	安平秋	16.00
庄子选译	马美信	章培恒	18.00
荀子选译	雪　克　王云路	董治安　许嘉璐	19.00
申鉴中论选译	张　涛　傅根清	董治安	18.00
颜氏家训选译	黄永年	许嘉璐	15.00
论语注译	孙钦善	宗福邦	28.00
孟子选译	刘聿鑫　刘晓东	黄　葵	20.00
墨子选译	刘继华	董治安	14.00
韩非子选译	刘乾先　张在义	黄　葵	19.00
新序说苑选译	曹亦冰	倪其心	25.00
论衡选译	黄中业　陈恩林	许嘉璐	22.00
管子选译	缪文远　缪　伟	董治安	18.00
列子选译	王丽萍	周勋初　倪其心	19.00
韩诗外传选译	杜泽逊　庄大钧	董治安	24.00
盐铁论选译	孙香兰　刘光胜	黄永年	13.00
诗经选译	程俊英　蒋见元	刘仁清	19.00
楚辞选译	徐建华　金舒年	金开诚	15.00
贾谊文选译	徐　超　王洲明	安平秋	17.00
司马相如文选译	费振刚　仇仲谦	安平秋	11.00
文心雕龙选译	周振甫	黄永年	17.00
庾信诗文选译	许逸民	安平秋	18.00

书　名	译注者		审阅者		定价/元
嵇康诗文选译	武秀成		倪其心		18.00
谢灵运鲍照诗选译	刘心明		周勋初		18.00
陈子昂诗文选译	王　岚		周勋初	倪其心	14.00
李白诗选译	詹　锳	等	章培恒		22.00
高适岑参诗选译	谢楚发		黄永年		23.00
元稹白居易诗选译	吴大逵	马秀娟	宗福邦		21.00
柳宗元诗文选译	王松龄	杨立扬	周勋初		18.00
李贺诗选译	冯浩菲	徐传武	刘仁清		20.00
杜牧诗文选译	吴　鸥		黄永年		14.00
李商隐诗选译	陈永正		倪其心		19.00
唐五代词选译	亦　冬		董治安		16.00
唐文粹选译	张宏生		周勋初		18.00
晚唐小品文选译	顾歆艺		平慧善		15.00
黄庭坚诗文选译	朱安群	等	倪其心		18.00
辛弃疾词选译	杨　忠		刘烈茂		24.00
元好问诗选译	郑力民		宗福邦		20.00
宋四家词选译	王晓波		倪其心		16.00
黄宗羲诗文选译	平慧善	卢敦基	马樟根		15.00
吴伟业诗选译	黄永年	马雪芹	安平秋		20.00
方苞姚鼐文选译	杨荣祥		安平秋		20.00
明代散文选译	田南池		马樟根		22.00
顾炎武诗文选译	李永祜	郭成韬	刘烈茂		23.00
张衡诗文选译	张在义 韩格平	张玉春	刘仁清		16.00
汉诗选译	张永鑫	刘桂秋	金开诚		19.00

书　名	译注者		审阅者		定价/元
阮籍诗文选译	倪其心		刘仁清		15.00
三曹诗选译	殷义祥		刘仁清		22.00
诸葛亮文选译	袁钟仁		董治安		16.00
陶渊明诗文选译	谢先俊	王勋敏	平慧善		16.00
杜甫诗选译	倪其心	吴　鸥	黄永年		17.00
王维诗选译	邓安生	等	倪其心		20.00
刘禹锡诗文选译	梁守中		倪其心		20.00
孟浩然诗选译	邓安生	孙佩君	马樟根		18.00
韩愈诗文选译	黄永年		李国祥		20.00
欧阳修诗文选译	林冠群	周济夫	曾枣庄		20.00
曾巩诗文选译	祝尚书		曾枣庄		19.00
苏轼诗文选译	曾枣庄	曾　弢	章培恒		23.00
李清照诗文词选译	平慧善		马樟根		15.00
陆游诗词选译	张永鑫	刘桂秋	黄　葵		24.00
朱熹诗文选译	黄　珅		曾枣庄		20.00
文天祥诗文选译	邓碧清		曾枣庄		20.00
袁枚诗文选译	李灵年	李泽平	倪其心		20.00
王安石诗文选译	马秀娟		刘烈茂	宗福邦	18.00
二程文选译	郭　齐		曾枣庄		25.00
范成大杨万里诗词选译	朱德才	杨　燕	董治安		26.00
萨都剌诗词选译	龙德寿		曾枣庄		28.00
王阳明诗文选译	吴　格		章培恒		18.00
徐渭诗文选译	傅　杰		许嘉璐	刘仁清	17.00
李贽文选译	陈蔚松	顾志华	李国祥	曾枣庄	17.00

书　名	译注者	审阅者	定价/元
三袁诗文选译	任巧珍	董治安	17.00
王士禛诗选译	王小舒　陈广澧	黄永年	13.00
龚自珍诗文选译	朱邦蔚　关道雄	周勋初	13.00
尚书选译	李国祥　刘韶军 谢贵安　庞子朝	宗福邦	14.00
礼记选译	朱正义　林开甲	宗福邦	22.00
左传选译	陈世铙	董治安	22.00
国语选译	高振铎　刘乾先	黄　葵	22.00
战国策选译	任　重　霍旭东	李国祥	21.00
吕氏春秋选译	刘文忠	董治安	17.00
吴越春秋选译	郁　默	倪其心	19.00
史记选译	李国祥　李长弓 张三夕	安平秋	29.00
汉书选译	张世俊　任巧珍	李国祥	22.00
后汉书选译	李国祥　杨　昶 彭益林	许嘉璐	24.00
三国志选译	刘　琳	黄　葵	18.00
晋书选译	杜宝元	许嘉璐	15.00
宋书选译	漆泽邦　孔　毅	李国祥	19.00
南齐书选译	徐克谦	周勋初	18.00
北齐书选译	黄永年	安平秋	16.00
梁书选译	于　白	周勋初	17.00
陈书选译	赵　益	周勋初	17.00
南史选译	漆泽邦	安平秋	22.00
北史选译	刁忠民	段文桂	20.00

书　名	译注者	审阅者	定价/元
周书选译	黄永年	安平秋	15.00
魏书选译	杨世文　郑　晔	周勋初	22.00
隋书选译	武秀成　赵　益	周勋初	20.00
新唐书选译	雷巧玲　李成甲	黄永年	16.00
旧唐书选译	黄永年	章培恒	16.00
新五代史选译	李国祥　王玉德 姚伟钧	周勋初	18.00
旧五代史选译	贾二强	黄永年	17.00
宋史选译	淮　沛　汤　墨	曾枣庄	20.00
辽史选译	郭　齐　吴洪泽	曾枣庄	21.00
金史选译	杨世文　祝尚书 李文泽　王晓波	曾枣庄	21.00
元史选译	樊善国　徐　梓	马樟根	25.00
明史选译	杨　昶	李国祥	20.00
清史稿选译	黄　毅	章培恒	22.00
贞观政要选译	裴汝诚　王义耀	黄永年	18.00
史通选译	侯昌吉　钱安琪	周勋初	16.00
资治通鉴选译	李　庆	黄永年	16.00
续资治通鉴选译	徐光烈	安平秋	24.00
通鉴纪事本末选译	谈蓓芳	章培恒	21.00
洛阳伽蓝记选译	韩结根	章培恒	22.00
梦溪笔谈选译	李文泽	曾枣庄	20.00
徐霞客游记选译	周晓薇　等	黄永年　马樟根	17.00
宋代笔记小说选译	朱瑞熙　程君健	金开诚等	19.00
关汉卿杂剧选译	黄仕忠	刘烈茂	24.00

书　名	译注者	审阅者	定价/元
明代文言短篇小说选译	黄　敏	章培恒	23.00
六朝志怪小说选译	肖海波　罗少卿	刘仁清	21.00
世说新语选译	柳士镇　钱南秀	周勋初	23.00
水经注选译	赵望秦　段塔丽　张艳云	许嘉璐	19.00
唐人传奇选译	周　晨	曾枣庄	24.00
唐五代笔记小说选译	严　杰	周勋初	21.00
大慈恩寺三藏法师传选译	贾二强	黄永年	18.00
宋代传奇选译	姚　松	周勋初	22.00
聊斋志异选译	刘烈茂　欧阳世昌	章培恒	22.00
阅微草堂笔记选译	黄国声	安平秋	16.00
清代文言小说选译	王火青	周勋初	23.00
历代名画记图画见闻志选译	周晓薇　赵望秦	黄永年	17.00
容斋随笔选译	罗积勇	宗福邦	20.00
唐才子传选译	张　萍　陆三强	黄永年	24.00
西厢记选译	王立言	董治安	20.00
元代散曲选译	彭久安	刘烈茂　金开诚	21.00
日知录选译	张艳云　段塔丽	黄永年	22.00
桃花扇选译	张文澍	章培恒　段文桂	15.00
牡丹亭选译	卓连营	章培恒	14.00
长生殿选译	戚海燕	董治安	20.00